ANECDOTES D'HIER

ET D'AUJOURD HUI

Hélène MACHERE

ANECDOTES D'HIER

ET D'AUJOURD HUI

Hélène MACHERE

Édition : BoD – Books on Demand, info@bod.fr
Impression : BoD – Books on Demand, In de
Tarpen 42, Norderstedt (Allemagne)
Impression à la demande
ISBN : 978-2-3224-7337-3
Dépôt légal : mars 2023

Ce livre est inspiré de faits réels mais toute ressemblance avec des personnes existantes ou ayant existé ne serait que pure coïncidence.

Je voudrais remercier tout particulièrement mon époux qui, outre ses conseils judicieux dans l'écriture de ce texte, a réalisé avec patience la mise en page du livre.

Toute ma reconnaissance aussi à mon frère qui n'a cessé de m'encourager dans cette entreprise, chaque fois que j'avais envie de l'abandonner.

Enfin, merci d'avance à tous ceux qui prendront, je l'espère, plaisir à me lire.

CHAPITRE PREMIER

LE MONDE MEDICAL

ET MOI

Connaître la vérité

J e me souviens de mon tout premier contact avec le monde médical.

Il s'agit de mon opération des amygdales et des végétations dont j'ai très étrangement gardé un souvenir bien net. A l'époque, par souci d'hygiène, la majorité des enfants subissaient cette ablation qui, aujourd'hui, est jugée parfaitement inutile.

Je devais avoir environ six ans et j'étais entrée à l'école communale depuis peu lorsque ma mère m'emmena à l'hôpital.
Un « gentil docteur » me fit une piqûre et je me suis endormie. Une fois réveillée, un peu abrutie, une forte douleur dans la gorge m'empêchait de parler. Je pris peur mais on me donna tout de suite un esquimau à la vanille, mon parfum préféré.

Puis, ma mère, Sarah, m'expliqua que je n'irai pas à l'école pendant quelques jours et que je ne mangerai ni viande, ni légumes mais seulement de la purée et des glaces (on était en hiver). J'aurais trouvé ma situation enviable si j'avais eu un peu moins mal.
Enfin, la douleur avait fini par s'apaiser et mon alimentation était vite redevenue normale.

Tant d'années plus tard, je n'ai toujours pas oublié ce médecin qui m'avait soignée, avec tant de délicatesse.

Pourtant, par la suite, j'entendrai, Abraham, mon père se plaindre des médecins dont il contestait la « pseudoscience ».

Il faut se souvenir que, dans les années soixante, une consultation médicale durait une vingtaine de minutes en moyenne.

Mon père considérait que ce laps de temps était notablement insuffisant pour établir un diagnostic fiable.

Il affirmait, en effet, que cet homme connaissait bien peu ses patients et il me répétait sans relâche :

« Quand tu vas consulter un médecin, il a juste le temps de t'apercevoir dans son cabinet. Tu essaies de lui expliquer, le plus clairement et le plus rapidement possible, pourquoi tu souhaitais le voir.

Après t'avoir auscultée, crois-tu vraiment qu'il puisse savoir la cause de tes douleurs, alors que toi, qui vis avec ton corps pendant vingt-quatre heures tous les jours, tu n'arrives pas à comprendre pourquoi tu souffres ? »

C'était son éternel refrain, dès qu'une discussion relative à la médecine commençait à s'animer.

Plus tard, quand j'aurai un peu grandi, j'essaierai de lui expliquer que, si les études de médecine étaient si longues, c'était pour aider les médecins à comprendre les disfonctionnements du corps humain et à y remédier.

Mais il ne voulait rien entendre... (même avant ses problèmes d'audition).

Quant à moi, je ne croyais nullement à l'inutilité de la médecine. Cependant, il est bien évident que l'état d'esprit de mon père a sans aucun doute colonisé mon cerveau.

Pourtant, si je rêvais de faire de longues études c'était surtout parce que mes parents espéraient que je deviendrai un jour avocate ou médecin ! Je n'ai d'ailleurs jamais compris cet engouement pour la médecine : une des contradictions de mon paternel !

Malheureusement, alors que je n'avais pas encore fêté mes huit ans, ma mère avait été victime d'un terrible accident qui lui coûta la vie. Tous nos projets se trouvèrent fracassés.

Mon père, qui fabriquait à domicile, pendant de longues heures, des vêtements pour femmes, s'était senti incapable de nous prendre en charge. Il nous avait alors placés dans une maison d'enfants où nous avons vécu une existence heureuse, pendant une dizaine d'années.

Puis, de retour à Paris, mon adolescence s'était avérée plutôt courte. Je me sentais inutile dans ce lycée non-mixte, assise parmi ces écolières enveloppées dans leur blouse rose obligatoire, et je rêvais de quitter cet univers le plus rapidement possible.

Heureusement, les samedis et dimanches, j'étais inscrite dans un club de jeunes et c'était à ce moment-là que je me sentais enfin vivre.
Je logeais souvent chez ma tante Léa, qui habitait dans le quartier de la République, très proche de mon « cercle d'amitié ».

Or, un de ces beaux dimanches de juin, elle avait été invitée à un mariage et souhaitait que je l'accompagne. J'aurais préféré voir mes copains du « club » mais j'avais accepté de faire plaisir à Léa. J'avais eu raison, mais je ne le saurais que beaucoup plus tard.

Pendant le repas de noces, nous avions été placées à une table où était assise une famille que ma tante connaissait : les parents très sympathiques, une adolescente d'une quinzaine d'années et un jeune homme qui paraissait à peine plus âgé que moi. Ce dernier, brun aux yeux verts, ne m'avait pas quitté des yeux pendant tout le diner et je dois reconnaître qu'il me plaisait bien.

A la fin de la cérémonie, la jeune fille Lili, me donna son adresse et il fut décidé qu'elle viendrait le samedi suivant avec moi dans mon « club de jeunes ». Au bout d'un mois, nous étions devenues amies et elle m'avait appris que son frère, Raphaël, travaillait déjà comme coupeur dans un atelier fabriquant des vêtements pour hommes.

Ses parents m'avaient souvent invitée à déjeuner dans leur appartement, tout près de la Place des Vosges, et j'avais ainsi eu l'occasion de me rapprocher de Raphaël. Il avait fini par me glisser à l'oreille un petit secret dont nous pourrions profiter tous les deux : pendant l'été, ses parents et sa sœur partaient en vacances à Menton où ils possédaient un studio. Le logement parisien serait donc vide...ou plutôt Raphaël l'habiterait seul !

Ce que je n'ai pas encore dit c'est qu'Abraham et Léa se détestaient cordialement, même si la raison de cette aversion me restera à jamais inconnue. Lasse de défendre l'un contre l'autre, j'avais fini par m'installer chez ma tante et il était prévu que j'aille voir mon père tous les week-ends.

Dès le premier samedi de juillet, cette année-là, j'avais fabriqué un double mensonge : d'une part, j'avais prévenu Abraham que je ne viendrai pas le voir chaque fin de semaine, car ma tante étant malade, je resterai avec elle. D'autre part, j'avais expliqué à Léa que mon père souhaitait passer les samedis et dimanches avec moi, puisque j'étais en vacances scolaires.

Notre manège se déroula comme prévu pendant tout le mois de juillet où nous avions réussi à nous voir en toute tranquillité.

C'était au début du mois d'août, qu'un grain de sable s'était glissé dans ce mécanisme bien rodé.

En effet, ma tante m'avait demandé de lui acheter un médicament et je l'avais oublié dans mon sac à main.

Vaillamment, Léa avait pris un taxi, pensant me trouver chez mon père pour récupérer son remède.

Abraham, très étonné de voir sa belle-sœur sur le palier, avait immédiatement ouvert la porte :
« Bonjour, Abraham, comment vas-tu ?
- Je vais bien mais je suis très fatigué en ce moment car il fait vraiment trop chaud à Paris, répondit mon père.
- En fait, c'est ta fille que je voulais voir. Où est-elle ?
- Comment ça « où est-elle » ? Mais, elle est chez toi, non ?
- Depuis le début de l'été, ta fille m'a dit qu'elle passerait tous ses week-ends avec toi....
- Et moi, elle m'a affirmé que tu étais malade et qu'elle te tenait compagnie... »

J'ignore, bien sûr, comment se termina leur discussion. Ce dont je me souviens parfaitement c'est que lorsque je suis arrivée chez elle, Léa m'a renvoyée chez mon père, sans un mot.
A mon arrivée, je pensais qu'Abraham me préciserait pourquoi il tenait tant à me voir.
« Tu me demandes pourquoi tu es là ? Pourquoi ta tante t'a virée ? Tu ne crois pas que c'est plutôt toi qui me dois une explication ? »

Alors, j'ai raconté mon histoire d'amour à mon père. Contrairement à ce que j'avais imaginé, il semblait heureux de savoir que je passais mes week-ends avec un jeune garçon dont j'étais très amoureuse. Mais, il ne me posa aucune question et surtout pas celle qui lui brûlait sans doute les lèvres.....est-ce que nous « dormions » ensemble ?

L'été s'était déroulé sans aucune autre anicroche. Mes journées s'écoulaient harmonieusement avec mes amis. Quant à mes soirées, j'attendais paisiblement Raphaël. Il me rejoignait aussitôt sa journée de travail achevée à couper des métrages de tissu pour la fabrication des costumes qui sortiraient bientôt de son atelier.

Bien entendu, nous avions, l'un et l'autre, quelques idées très parcellaires concernant les rapports sexuels. C'était un sujet tabou et les adultes, qui nous entouraient, évitaient la moindre allusion à ce sujet ....

(Vous aimeriez peut-être, à ce stade, quelques révélations sur les circonstances qui ont entraîné la suite. Mais, c'est de ma vie médicale dont j'ai l'intention de vous parler et non de ma vie amoureuse).

Et ce qui devait arriver avait fini par se produire !

Dans le courant du mois de septembre, j'avais commencé à m'inquiéter et une consultation chez un gynécologue avait confirmé que j'étais enceinte. Dans ces années-là, l'avortement était strictement interdit.

Je dois toutefois reconnaître, que je n'avais aucune envie de faire disparaître cet enfant qui commençait sa vie dans mon ventre. Je me sentais plutôt même fière de ce qui pour moi, avait le goût du miracle.

Je savais aussi, à présent, que nos deux familles ne pourraient plus s'opposer à notre mariage, par exemple, parce que nous étions tous les deux .... trop jeunes !

Et c'était ainsi, qu'à peine âgée de dix-huit ans, j'avais épousé le jeune homme que j'aimais.

Abraham, qui espérait toujours que je deviendrais « médecin ou avocate » avait tenté de s'opposer à cette union.

En effet, la majorité s'obtenait alors à 21 ans et l'autorisation paternelle m'était donc indispensable sous peine de nullité du mariage. Mon père s'était cependant très difficilement incliné lorsque je lui avais avoué « mon état ».

Que cette noce était belle ! J'étais heureuse dans cette robe blanche que je n'aurais jamais dû porter puisque ma virginité s'était envolée. Raphaël resplendissait dans ce costume gris qu'il avait lui-même confectionné. Bien sûr, quelques invités avaient jugé ce mariage un peu précipité, mais personne n'avait osé formuler ce que tout le monde pensait.

Le plus malheureux, dans cette histoire, c'était mon père. Il avait compris que je lui échappais et qu'il ne pourrait plus jamais avoir le moindre poids sur mon avenir. Je savais à quel point cette pensée lui était insupportable.

Or, deux semaines après mon mariage, j'avais été victime de ce que l'on appelait alors une « fausse couche » : cet enfant ne naîtrait jamais.
Aucun gynécologue n'avait envisagé cette possibilité. Quant à moi, qui avais porté cet enfant dans mon corps, (que je connaissais si bien comme avait dit mon père), je n'avais tout simplement rien senti...quand cet enfant avait décidé de me quitter.

Au bout de quelques années, et après la naissance de mes deux autres enfants, j'avais fini par admettre que ce tout petit embryon avait compris à quel point il avait été un prétexte à l'union de ses parents.
Puisque le mariage avait eu lieu, il n'avait plus aucune raison de vivre...
Or, personne –à l'exception de mon père et de mes beaux-parents- n'avait été informé de mon état, même si tout le monde le subodorait.

Aucune naissance n'ayant eu lieu dans les neuf mois qui avaient suivi la cérémonie de mariage, les « mauvaises langues » avaient dû reconnaître qu'elles s'étaient trompées !

Mon père, que je voyais très peu à l'époque, n'avait rien su de cet épisode de ma vie et il n'avait jamais osé me poser la moindre question.

C'est seulement le jour de sa mort, que mon frère me racontera la version imaginée par Abraham.

Ce dernier avait passé sa vie à se persuader que je l'avais volontairement trompé : je n'avais jamais été enceinte et je lui avais menti pour qu'il m'autorise à me marier.

Il avait disparu sans connaître la vérité.

Une blessure profonde

Après mon mariage, j'avais, bien sûr, eu l'occasion de faire la connaissance de la famille de Raphaël et je m'étais liée d'amitié avec une de ces cousines, Louise. Or, au début des années 1980, elle entretenait une relation amoureuse avec un jeune médecin qui exerçait son activité à la « Banque du Sang » et elle avait pris l'habitude de donner son sang. Elle m'avait persuadée de faire de même.

Or, un jour où nous déjeunions ensemble, elle m'avoua qu'elle venait d'apprendre, d'après son analyse sanguine, sa contamination par le VIH.

Bien entendu, elle était très angoissée d'autant que son ami, qui connaissait fort bien le sujet, lui avait expliqué en détail toutes les phases de cette maladie grave. Elle se voyait déjà mourante, abandonnée de tous, dans une de ces cliniques qui n'accueillaient que les personnes en fin de vie !

Elle avait dû attendre un mois pour effectuer une seconde analyse sanguine et miracle, cette fois, le VIH avait disparu !

Il s'agissait donc évidemment d'une erreur : sa première analyse avait sans doute été confondue avec une autre !

C'est à partir de ce jour-là que Louise décida d'arrêter le don de son sang pour ne plus jamais revivre cet affreux cauchemar... Elle avait, par la suite, quitté la France pour les Etats-Unis, mais n'avait pas, pour autant changé d'avis, à ce sujet.

Nous sommes restées longtemps amies malgré l'éloignement et avons, l'une comme l'autre, à tout jamais perdu l'habitude de donner notre sang !

Pourtant, il est arrivé à Léa de le regretter mais la blessure était trop profonde !

Quant à moi, je refusais de vivre une telle aventure.

Thé et café sans sucre

Une petite année après mon mariage, j'attendais de nouveau un heureux évènement. J'espérais, cette fois-ci, que tout se passerait bien.

Je me sentais très fatiguée et le Dr Florence, dont il sera question dans les pages suivantes, m'avait conseillée de faire une prise de sang.

Après analyse, il s'était avéré que mon taux de glycémie était excessivement élevé. Dans ces conditions, et pour ne pas devenir diabétique, outre quelques médicaments anti glycémiques, j'avais dû accepter de suivre un régime drastique excluant tous les aliments trop sucrés.

C'était ainsi que j'avais appris notamment à boire du café et du thé sans sucre, à oublier l'existence du chocolat, à bannir de mon alimentation les yaourts sucrés, les pâtisseries et le pain blanc, les sodas à base de fruits, ainsi qu'à limiter ma consommation de pâtes, de riz et autres féculents.

Bref, je pouvais me nourrir de légumes, de fruits et de viandes sans excès et me désaltérer avec de l'eau fraîche.

Une autre prise de sang était programmée pour le mois suivant. En attendant, je me contentais de suivre les recommandations médicales et l'enfant, qui vivait en moi, commençait à manifester sa présence.

J'étais de plus en plus fatiguée et je pensais, dans mon état, qu'il n'y avait rien d'anormal.

Or, la seconde analyse montra, cette fois, une baisse trop drastique de ce même taux de glycémie, sans doute en raison de mon régime.

La suite de l'histoire confirmera qu'il s'agissait d'une erreur imputable au laboratoire.

Je suis convaincue qu'aujourd'hui, ces résultats étonnants ou anormaux auraient donné lieu à une seconde analyse, afin de confirmer les premières constatations et de dérouler la gamme de médicaments ou de régimes nécessaires.

Mais, cinquante ans plus tard, je continue à boire mon thé et mon café....sans sucre !

La pilule

D evenue jeune maman de deux filles, j'avais eu la chance d'être suivie, pendant une trentaine d'années, par une généraliste, le Dr Florence, habitant au rez-de-chaussée de mon immeuble.

Ses conseils m'avaient toujours semblé judicieux, même si quelquefois, il lui arrivait d'outrepasser ses droits et ses devoirs.

Par exemple, mes deux filles s'étaient vu prescrire la pilule contraceptive, sans que je le sache, alors que le consentement parental était obligatoire, à l'époque.

Imaginez donc mon étonnement lorsque ma fille cadette, âgée de dix-sept ans, avait demandé à me voir en tête-à-tête afin que je l'aide à résoudre « un très gros problème ».

A ce stade et, compte tenu de mon expérience personnelle, j'avais immédiatement pensé qu'elle était enceinte....

Une fois seules toutes les deux, ma fille m'avait fait part de ce « gros problème » : elle fréquentait régulièrement un lycéen (je l'ignorais) dont elle voulait se séparer.

Je lui avais alors – et alors seulement – parlé de contraception avec quelque embarras, le même que celui dont j'avais été victime moi-même autrefois. Elle s'était mise à rire en m'annonçant :

« Maman, je prends la pilule depuis plus d'un an... »

Devant ma stupéfaction, elle m'avait affirmé qu'elle se protégeait avec ce contraceptif, grâce à une ordonnance signée du Dr Florence.

A la fois énervée et rassurée, j'avais demandé un entretien à cette généraliste pour lui faire part de ma conversation avec ma fille. Après lui avoir rappelé la réglementation, je l'avais apostrophée violemment :

« Pourquoi avez-vous prescrit la pilule à mes deux filles, sans me demander mon autorisation, conformément à la loi ?

- J'ai pensé que vous étiez assez intelligente pour ne pas porter plainte contre moi » avait-elle rétorqué.

Que pouvais-je répondre ?

Je m'étais simplement mise à rire.

La loi Veil

L es années passaient, mes enfants grandissaient et la loi Veil, libéralisant l'avortement, avait enfin été votée.

Entretemps, diaphragmes, pilules contraceptives et autres stérilets avaient fait leurs chemins dans « le corps des femmes » pour éviter enfin toute naissance non désirée. Je n'avais pas compris, à l'époque, à quel point le monde allait changer.

Quant à moi, après de nombreuses années « sous pilule », mon gynécologue m'avait conseillée la pose d'un stérilet.

Tout allait très bien jusqu'au moment où, ne voyant pas mes règles se profiler, j'avais décidé de lui rendre visite. Il m'examina puis m'affirma qu'il ne voyait rien de grave mais que si la « situation perdurait », il me faudrait le revoir au plus tard dans quinze jours.

Et, deux semaines plus tard, il me confirma que j'étais bien enceinte pour la quatrième fois. C'était rare avec un stérilet mais possible....

Ce gynécologue, qui me connaissait depuis mon mariage, m'avait détaillé le parcours à suivre pour avorter conformément à la nouvelle loi.

Un entretien avec un psychologue était indispensable. Consultée, cette personne m'expliqua, avec douceur et compréhension, que j'étais encore jeune et que cette fois je portais peut-être un garçon ! Elle me précisa qu'une durée de quarante-huit heures de réflexion était obligatoire avant une IVG. Je m'efforçais de l'écouter avec toute l'attention dont j'étais capable, mais je n'attendais que son tampon sur mon ordonnance !

Une demi-heure plus tard, toutes les formalités remplies, je me sentais déjà beaucoup plus légère.

Deux jours et deux nuits s'écoulèrent calmement et le gynécologue avait enfin fait le « nécessaire ».

Toutefois, avant de me laisser rentrer chez moi, il s'était exclamé avec un sourire que je ne suis pas prête d'oublier :

« Votre cas est surprenant, c'est pourquoi je me permettrais d'avancer une hypothèse. Il me semble que vous avez pris l'habitude de vous asseoir sur des spermatozoïdes dans le métro ! »

Cette réflexion m'avait fait rire aux éclats et l'anecdote, racontée des dizaines de fois, était évidemment restée dans ma mémoire et celles de mes amis d'antan.

Même pas peur

M ais, Raphaël, qui n'était pourtant pas croyant, n'avait jamais vraiment accepté cet avortement. De plus, il avait espéré, tout comme ses parents, que cet enfant serait un garçon.

Je n'avais pas voulu tenir compte de son avis et, quelques années plus tard, nous nous étions séparés à l'amiable.

Après mon divorce, j'avais eu quelques aventures avec des hommes de mon âge qui, à l'époque, ne s'inquiétaient pas toujours de l'épidémie de SIDA, déjà présente mais encore très méconnue.

Pendant cette période délicate, mon sac à main ne sortait jamais de chez moi sans que j'y glisse une petite pochette contenant un préservatif.

Un jour, alors que j'avais été invitée par un élégant professeur de sciences naturelles - qui me plaisait beaucoup - nous avions diné dans son superbe salon. L'attirance étant réciproque, le dessert une fois savouré, la suite peut se deviner aisément.

Or, ce jour-là, ma splendide pochette « magique » était vide : c'était la première fois ! Ce jeune et bel homme, qui n'aimait pas les contraintes, ne possédait aucune « capote ». Il refusait d'ailleurs de les d'utiliser...

Dans ces conditions, je n'avais que deux options : accepter la situation ou bien rentrer tranquillement chez moi.

Il était tard et mon hôte était si attentionné que je ne pouvais (ou plutôt ne voulais) pas m'enfuir....

Vous vous demandez certainement pourquoi je relate cette histoire dans un chapitre concernant ma vie médicale...

Le lendemain, je m'étais réveillée fort inquiète car je craignais une nouvelle grossesse, mais surtout une contamination par le VIH.

Mon état d'angoisse était tel que j'avais téléphoné au bureau pour prévenir que je serai absente toute la journée.

Puis, j'avais raconté en détail mon imprudence au Dr Florence.

De très mauvaise humeur, elle m'avait écouté avec attention puis la sentence était tombée :

« Je comprends votre désarroi puisque vous habitez Paris, dans une zone où les médecins manquent (ce n'était pas encore vraiment le cas).

Par ailleurs, vous n'avez aucun moyen de vous renseigner car vous ne savez ni lire, ni écrire, qu'aucune pharmacie ne s'est installée dans les environs et enfin, que vous n'avez jamais entendu parler de cette maladie contagieuse...

Alors, si je le pouvais, je vous excuserais mais ce n'est pas exactement le cas ! Dans l'immédiat, vous allez vous rendre dans un laboratoire pour vérifier que vous n'avez pas été contaminée.

Sachez cependant qu'un résultat négatif ne sera vraiment la preuve de la non-contagion que d'ici un an environ... »

L'année suivante, je savais enfin que tout allait bien et j'avais décidé de ne plus jamais céder à mes « pulsions stupides ».

Dans ces années quatre-vingt, il faut savoir que le SIDA ne faisait pas encore très peur !

Un fou-rire

P uis, alors que la décennie soixante-dix commençait à peine, ma généraliste « bien aimée », le Dr Florence, avait fini par atteindre, voire même dépasser, l'âge de la retraite. Elle avait rendu le cabinet à son propriétaire et lâchement abandonné ses patients sans se soucier de leur avenir.

Elle m'avait toutefois conseillée un jeune praticien, le Docteur Martin, qui s'installerait prochainement dans le quartier mais qu'elle ne connaissait pas personnellement.

J'avais rencontré cet homme plusieurs fois mais nous n'avions assurément aucun « atome crochu » et je me sentais orpheline.

Or un jour, un stagiaire, le futur Dr David, avait assisté, à la consultation. Ce « médecin en herbe » n'avait pas ouvert la bouche pendant la durée de l'examen, mais j'avais appris qu'il était présent tous les mercredis.

Pour une raison obscure et parfaitement inconsciente, j'avais pris l'habitude de placer mes visites, autant que possible de préférence... le mercredi.

Et, quelques temps plus tard, l'aspirant Dr David m'avait accueillie seul dans le cabinet médical et expliqué que dorénavant le Dr Martin opérait à l'hôpital tous les mercredis. J'avais bien sûr gardé mes habitudes et appris ainsi à mieux connaître ce « futur docteur ».

Quand il m'avait annoncé que, ses études terminées, il viendrait vivre dans le quartier, c'était tout naturellement que je l'avais choisi comme médecin traitant.

Je me souviens lui avoir raconté mon désarroi lors du départ en retraite du Dr Florence et j'avais même ajouté :

« Vous, au moins, vous ne me quitterez pas...je suis sûre de « partir » avant vous ».

Les années passèrent et je prenais plaisir à voir le Dr David auquel je vouais une confiance totale. Il connaissait fort bien ma profonde aversion pour tous les médicaments.

Je craignais leurs effets secondaires et j'étais convaincue, qu'avant d'améliorer ma santé, leur objet primordial était d'enrichir les laboratoires pharmaceutiques.

Ce médecin avait toujours respecté ma distance concernant les pilules diverses et variées qui proliféraient sur le marché, sans parler des « suspensions buvables » ou des « comprimés orodispersibles » (fondant dans la bouche) et autres onguents.

Il ne m'avait jamais prescrit que le strict minimum dans tous les cas et après une explication complète du bien-fondé de son ordonnance. Il en allait de même des analyses ou autres examens médicaux.

Il ne s'agissait cependant pas pour moi d'une démarche citoyenne visant à alléger le budget de notre Sécurité Sociale, mais simplement d'une conviction personnelle sans doute issue de mon éducation.

Et je pensais que la vie continuerait ainsi....

Entretemps, mes enfants, devenus adultes, avaient assisté à mon remariage, quelques années plus tôt.

Mon second mari, Adrien, avait enfin quitté sa banlieue pour Paris. Nous avions acheté ensemble un nouvel appartement, situé dans ma rue. Cette décision m'avait permis de ne pas quitter le docteur David, qui deviendra aussi le médecin référent de mon conjoint.

Mais, un de ces mois de septembre, lors d'une consultation banale, mon généraliste m'avait proposé, avant même de parler de ma santé, de l'écouter attentivement.

« Ce que je vais vous dire ne vous fera pas plaisir. Il faut que vous sachiez que je quitterai ce cabinet dans un an.

- Si vous vous installez dans un autre quartier, il est évident que je vous suivrais, avais-je répondu naïvement.

- Je suis ravi d'entendre que vous me faites une confiance absolue, mais c'est la région parisienne que j'abandonne en septembre prochain.

- Vous ne voulez donc plus exercer à Paris ? Pourquoi ?

- Ma réponse est très simple : je vais me marier, je souhaiterais avoir des enfants et je voudrais leur offrir un environnement plus sain et plus calme que celui de la capitale.

- Alors, vous allez vraiment me quitter et je vous regretterai. Vous avez bien fait de me prévenir. Savez-vous d'ores et déjà qui vous remplacera ?

- Une femme que vous avez rencontrée plusieurs fois pendant mon absence. Il s'agit du Dr Hervé.

- C'est donc elle que je choisirai comme médecin traitant.... dans un an ! »

Lors de ma dernière consultation, le Dr David me sentait particulièrement inquiète. Je lui avais alors révélé que mon père était mort à l'âge que je venais d'atteindre.

- « Que craignez-vous ? me demanda-t-il

- De mourir cette année et j'ai donc hâte qu'elle se termine...

- Avez-vous des frères ?

- Oui, un seul...un peu plus jeune que moi.

- Alors, c'est lui qui devra faire très attention le moment venu.

- Voulez-vous dire que l'âge du décès se transmet de « père en fils » et non de « père en fille » ?

- Bien sûr, répliqua-t-il avec sérieux.

- Vous plaisantez, je suppose.....

- Évidemment ! »

Le Dr David me remercia pour la confiance que je lui avais accordée pendant toutes ces années.

Et nous nous étions ainsi quittés sur un fou-rire.

La réponse que j'attendais

U ne année s'était écoulée et j'avais toujours beaucoup de
mal à accepter l'idée que je ne reverrai plus jamais le Dr
David.

J'avais consulté plusieurs fois sa remplaçante, le Dr Hervé, à
laquelle je n'avais rien à reprocher, mais le cœur n'y était pas.

Au cours d'un déjeuner, alors que je racontais cette histoire à une
des amies d'Adrien, elle me proposa avec empressement, d'aller
voir, de sa part, le Dr Broux.

Quelques semaines plus tard, je m'étais rendue dans un centre
médical proche de mon domicile et avais rencontré cette nouvelle
praticienne. Un bon point : elle était parfaitement à l'heure et je
n'avais donc pas eu le temps « d'admirer la salle d'attente ». Notre
contact avait été agréable et chaleureux : j'étais ravie.

Or, elle m'avait conseillé un médicament qui, le lendemain, me
provoqua de violents vomissements pendant plusieurs jours. Bien
entendu, j'étais retournée la consulter et elle avait immédiatement
supposé qu'il s'agissait d'une allergie. Elle m'avait alors priée de
récupérer, pour elle, mon dossier médical.

Le Dr Hervé m'avait confirmé que ces documents
m'appartenaient et que je pouvais donc les transmettre à ma guise.

Si je lui procurais une clef USB, elle ferait le nécessaire, sans aucune objection.

Avant d'effectuer ce transfert, je voulais être sûre que je ne me trompais pas.

J'avais songé qu'il serait sans doute utile de voir une seconde fois le Docteur Broux, pour un renouvellement d'ordonnance par exemple, avant de me décider.

Lors de cette seconde visite, ma « future » généraliste s'était rendu compte que mon anticholestérol habituel se déclinait en générique.

Sans m'en parler, elle m'avait prescrit cette autre pilule, beaucoup moins onéreuse, mais maux de tête et d'estomac étaient très vite réapparus....

Bien sûr, le Dr Broux ne pouvait pas le deviner. Cependant, si elle avait attiré mon attention sur ce changement, ou si j'avais été attentive aux mentions figurant sur la boîte – notamment le nom du médicament - je n'aurais jamais avalé ces cachets qui m'avaient déjà rendue malade précédemment.

C'était alors que j'avais compris que l'on ne change pas impunément de médecin traitant.

Le lendemain, ma décision était prise : je garderais le Dr Hervé comme référente. Entretemps, elle s'était installée dans le bureau du Dr David. J'étais à la fois dans « mon élément » et parfaitement mal à l'aise.

Puis, j'avais vécu quelques mois difficiles avec la curieuse impression de « marcher à côté de mes pompes ». Je ne souffrais pas vraiment. Cependant, céphalées, nausées, diarrhées et constipations ne me laissaient plus aucun repos, à mon grand désespoir.

Je supposais que ces manifestations de mon corps étaient psychiques et, lors d'une consultation, j'avais prié le Dr Hervé de me fournir les coordonnées d'un psychanalyste. Elle n'en connaissait pas dans le quartier.

Je lui avais alors avoué que le Dr David me manquait toujours aussi cruellement, plus de six mois après son départ.

C'était alors qu'elle m'avait répondu :

« Je crois que vous aviez une telle confiance en mon confrère que vous vous sentiez protégée. Vous avez perdu un repère important et vous n'arrivez plus à vous situer dans votre vie. Je vous conseille de réfléchir à ce que je viens de vous dire avant de vous lancer dans une thérapie qui pourrait être longue et peut-être inutile. »

J'avais quitté le cabinet avec l'impression d'être saoule. Cependant, quelques jours plus tard, mes maux divers avaient disparu miraculeusement et je me sentais beaucoup mieux.

Ensuite et après réflexion, j'ai compris que le Dr Hervé avait très précisément cerné l'objet de mon malaise. J'avais donc stoppé, provisoirement, la recherche d'un psychiatre.

Or, quelques mois plus tard, nous étions partis dans le sud de la France pour fêter les quatre-vingts ans d'une de mes amies.

Je ne prenais alors que très peu de médicaments, sauf cet anti-cholestérol, tous les jours. Je ressentais très souvent de légères douleurs dans les articulations des bras et des jambes. Lors de mes promenades, je me mettais parfois à la recherche d'un banc sur lequel me reposer quelques minutes de ces maux qui devenaient difficiles à supporter.

J'avais lu plusieurs articles précisant que ces douleurs pouvaient être un des effets secondaires de la prise de statines.

Mais le docteur David avait pensé qu'il était plus prudent de continuer à ingérer journellement ces médicaments car le rapport bénéfice/risque était largement positif.

Or, lors de ce voyage à Marseille, je m'étais aperçue dès le premier jour, que mes statines étaient restées dans ma salle de bains parisienne. Mon amie, médecin à la retraite, me confirma qu'il ne m'arriverait rien de grave, si j'omettais de prendre mes pilules pendant une ou deux semaines. J'avais donc été rassurée.

Deux ou trois jours plus tard, je devais me rendre à l'évidence : mes articulations étaient beaucoup moins douloureuses.

Devant cette constatation, une fois de retour à Paris, le courage d'avaler de nouveau mes anticholestérols m'avait manqué.

Mais, j'avais jugé plus prudent de prendre conseil auprès de ma généraliste. Pendant notre entretien, elle m'avait écoutée, puis interrogée :

« Ces statines ne vous conviennent donc pas. Vous me dîtes que vous vous sentez mieux, lorsque vous ne les prenez pas, n'est-ce pas ?

- Oui, mes articulations sont presqu'indolores. Peut-être faut-il changer de médicament ?

- Vous n'avez jamais eu de problème cardiaque et, dans l'ensemble, vous avez une très bonne santé ?

- Oui. Quel est votre avis ?

- Il me semble que vous n'avez pas besoin de ces statines. Je vous propose donc de les arrêter complètement pendant un trimestre, puis vous ferez une prise de sang et nous aviserons alors.

- Je ne prends pas de statines pendant trois mois ? Et je ne risque rien ?

- Non ? du moins, je ne pense pas ».

Si nous avions été un peu plus familières, je crois que je l'aurais embrassée.

Je m'étais alors contentée de la remercier chaleureusement. Avant que je ne quitte le cabinet, elle m'avait affirmé :

« Je préfère vous voir gambader allègrement plutôt que de penser que mes prescriptions pourraient limiter vos déplacements » avait-elle ajouté.

Dans l'immédiat, tout va bien, puisque c'était, en fait inconsciemment, la réponse que j'attendais d'elle.

Un capital dentaire exceptionnel

P armi les médecins-spécialistes, j'avais toujours pensé que la recherche la plus délicate était celle d'un bon dentiste.

Or, j'avais eu la chance d'être la patiente d'un chirurgien-dentiste, que je jugeais parfait, le docteur Duchamps, pendant plus de trente ans. Lui aussi avait habité autrefois au rez-de-chaussée de mon immeuble.

Mes enfants et leur père n'avaient jamais connu d'autre praticien que celui-ci. Lorsqu'il s'était installé dans un cabinet plus grand, la famille l'avait suivi.

Après mon divorce et mon remariage, c'était mon second époux qui avait décidé, lui aussi, de le consulter.

Puis, la retraite était venue et notre dentiste bien-aimé avait abandonné son cabinet à un autre praticien, le docteur Desmoulins, très sympathique.

Je me souviens, il y a deux ans, de ma première consultation avec ce dernier.

- Vous avez une dentition en parfait état. A votre âge, c'est plutôt rare, m'avait-il dit en souriant.

- C'est, sans aucun doute, grâce à l'excellent travail effectué par votre prédécesseur. Je ne doute pas que vous saurez être à sa hauteur.

- C'est bien mon intention, avait-il affirmé.

Pendant les deux premières années, il avait tenu sa promesse, au-delà même de mes attentes.

Puis, en mai 2022, il m'avait appris qu'il allait faire réaliser de gros travaux dans son cabinet. Ce dernier serait, sans doute, fermé au moins jusqu'au premier octobre.

Il décida donc que ma prochaine visite, pour le détartrage annuel, aurait lieu le sept octobre mais il me précisa qu'en cas d'urgence, je pouvais contacter un de ses confrères dont il m'avait tendu une carte de visite.

J'avais passé un excellent été et mes dents ne m'avaient causé aucun souci.

Cependant, dès le début du mois d'octobre, le Dr Desmoulins m'avait appelé pour me préciser que les travaux n'étaient pas terminés et que ma visite serait reportée au dix novembre. Aucun problème !

Le jour dit, en entrant dans le cabinet, j'avais été époustouflée par la transformation : la réception avait été déplacée, de nouveaux murs créés, une salle d'attente remodelée, et tout l'ensemble brillait d'un blanc étincelant.

Lorsque je m'étais présentée à la réception, la toute nouvelle secrétaire, fort aimable, avait cherché vainement mon nom sur son planning.

Le docteur Desmoulins, consulté, me confirma qu'il m'avait bien donné ce rendez-vous lui-même mais qu'il avait omis de l'inscrire sur ce fameux site médical, très à la mode.

Il était gêné et je l'étais aussi. Il me précisa qu'il devait, de nouveau, déplacer les soins prévus.

Devant mon mécontentement, il avait finalement décidé d'honorer ce rendez-vous et de réaliser le détartrage.

Les quarante-cinq minutes qu'il me consacrait d'habitude, avaient fondues et c'était à peine trente minutes plus tard que je quittais son cabinet (et bien entendu le coût de la prestation était le même).

J'avais pensé que le travail avait été légèrement bâclé et je me demandais s'il n'était pas temps de changer de cabinet....

Et voilà que, trois mois plus tard, le Dr Desmoulins s'était accordé quelques jours de congés. Ma gencive supérieure, enflée et douloureuse, m'inquiétait fortement.

J'avais alors accepté de consulter un de ses amis, le Dr Maxime, qui le remplaçait provisoirement.

Ce dernier m'avait accueillie chaleureusement, puis, après un sérieux examen dentaire, il déclara :

« Je peux constater qu'à votre âge, vous possédez un capital dentaire exceptionnel ! C'est vraiment très rare ! »

Je l'avais remercié et lui avait expliqué que son ami avait déjà fait la même réflexion, lorsqu'il m'avait examinée deux ans auparavant.

Bien sûr, je n'avais pas précisé que la formulation n'était pas exactement la même !

Puis, je lui avais demandé s'il pensait intégrer ce cabinet ?

- Non. Je suis dentiste à Rennes et mon local professionnel est actuellement en travaux. Par amitié pour le Dr Desmoulins, je le remplace, pendant ses quelques jours de congés pour éviter une fermeture totale.

Peut-on réellement quitter un dentiste qui possède, dans ses relations, un ami vous félicitant pour votre « capital dentaire exceptionnel » ?

La question mérite d'être posée.

Ne pas déranger le tensiomètre

Q uelques années plus tôt, un certain nombre de polypes, qui
avaient colonisé mon système digestif, avaient été retirés,
lors d'une coloscopie. Dans ces conditions, le protocole médical
prévoyait une nouvelle exploration à espaces réguliers.

Le Covid, et l'encombrement des services qu'il provoquait dans
les hôpitaux, avaient eu pour effet de prolonger le délai entre les
interventions. J'avais été rappelée à l'ordre par la gastro-
entérologue à l'initiative de la première investigation, afin
d'effectuer une nouvelle recherche.

S'agissant d'une opération nécessitant une anesthésie générale,
elle me précisa qu'une autorisation de mon cardiologue était
obligatoire.

J'avais donc rendu visite au Dr François qui, après auscultation,
me confirma qu'il n'y avait aucune contre-indication à cette
coloscopie.

Toutefois, si je possédais un tensiomètre, il pourrait être utile de
remplir une grille, avec l'évolution de ma tension, pendant les
deux jours qui précèderaient l'intervention.

J'avais suivi avec précisions ses recommandations et apporté le
document à l'hôpital.

L'examen s'était déroulé normalement. On m'avait assuré, à mon réveil, que deux polypes de petite taille et sans gravité, avaient dû être enlevés. Le prochain rendez-vous aurait lieu en 2024.

Toutefois, avant que je ne quitte l'hôpital, il me fallait rencontrer l'anesthésiste :

« Je dois vous préciser, Madame, que votre tension artérielle était supérieure à dix-neuf... » me dit-elle.

- Je pense que j'étais stressée par le « syndrome de la blouse blanche ».

- Non, Madame, vous dormiez et à votre place, je consulterai un cardiologue de toute urgence.

Cette réflexion me paraissait curieuse, mais on ne badine pas avec son cœur, n'est-ce pas ?

Je m'étais acharnée pour obtenir un rendez-vous d'urgence avec le Dr François.

Une semaine plus tard, j'avais enfin rencontré ce médecin qui me semblait plutôt fâché :

« Je vous ai examinée il y a à peine une dizaine de jours et tout allait bien. Je me demande donc pourquoi vous avez tant insisté auprès de ma secrétaire pour me revoir de toute urgence ».

- Vous vous souvenez sans doute, Docteur, que je devais aller à l'hôpital pour une coloscopie. Mon examen s'est passé normalement, mais l'anesthésiste m'a inquiétée en me précisant que ma tension s'était élevée jusqu'à dix-neuf.

- Je redoute tous ces anesthésistes qui, pendant l'intervention, ne sont occupés qu'à scruter leurs tensiomètres. Je vais donc vous ausculter à nouveau puisque vous êtes là mais je suis convaincu que votre cœur est en parfait état ».

Une fois l'investigation de plus de quarante-cinq minutes terminée, il avait confirmé son diagnostic.

Ne sachant plus à quel saint me vouer, je lui avais alors demandé si je devais continuer à prendre ma tension. Dans l'affirmative, combien de fois par jour et à quel moment ?

- « Vous allez prendre votre tensiomètre et le placer sur le haut de votre armoire à pharmacie. Cessez de l'utiliser et de vous tourmenter pour une maladie cardiaque que vous n'avez pas, j'en suis certain ! Je ne veux pas vous revoir avant l'année prochaine ».

J'étais donc rentrée chez moi rassurée, mais j'avais décidé de revoir ma généraliste, le Dr Hervé, dès réception des conclusions écrites concernant ma coloscopie.

Bien entendu, je lui avais relaté mes déboires avec l'anesthésiste et le cardiologue. Elle me confirma que la proposition de ce dernier lui paraissait plutôt intéressante.

A peine arrivée dans mon appartement, j'avais posé mon tensiomètre sur l'étagère la plus haute de mon armoire à pharmacie et j'avais oublié l'existence de cet instrument.

Puis, la propagation du Covid s'était ralentie, nous étions partis en vacances pendant tout l'été et dès début de l'automne, j'étais retournée voir le Dr Hervé pour un renouvellement d'ordonnance.

Je ne l'avais pas vue depuis six mois et elle m'examina donc très consciencieusement, puis elle me demanda de me peser et vérifia ma tension.

Avec un petit sourire narquois, elle m'avait annoncé que, non seulement j'avais une tension de jeune fille, mais que je ne souffrais même plus du fameux « syndrome de la blouse blanche » !

Je n'avais donc plus touché à mon tensiomètre qui continue à se reposer tranquillement.

Je me suis promis de ne plus le déranger....

Médecin ou coiffeur

D ans un autre domaine, je ne suis plus très jeune à présent, mais, même si la calvitie ne m'a pas encore atteinte, mes cheveux, devenus blancs, sont de plus en plus clairsemés.

C'est pourquoi je me rends encore chez le coiffeur, qui n'est pas certes, classé dans le personnel médical, toutes les six ou huit semaines, pour une coupe et un brushing.

La coiffeuse, patronne de son établissement, est une femme aimable et il est rare qu'elle ne me demande pas des nouvelles de ma petite famille. Il lui arrive même de commenter les informations politiques diffusées à longueur de journée sur les radios et les télévisions, pendant qu'elle s'occupe de ma chevelure.

Cependant, la durée totale du temps passé dans cette boutique, ne dépasse guère les trente minutes.

Par ailleurs, lorsque je consulte mon médecin, par exemple pour un renouvellement d'ordonnance, elle prend le temps de vérifier ma tension, mon poids et me pose quelques questions de routine pour vérifier que je suis toujours en bonne santé. Cette consultation dure environ trente minutes.

Comment expliquer alors que les trente minutes de mon coiffeur soient rémunérées cinquante Euros alors que, ce même laps de temps ne mérite que la moitié de cette somme chez ma généraliste, malgré ses longues années d'études universitaires ?

J'avais eu l'occasion de poser cette question au Dr David, bien avant qu'il ne quitte Paris et il m'avait répondu tout simplement :

« Je préfère être médecin plutôt que coiffeur.... »

Vaccination

J e ne terminerai pas ce chapitre sans faire une allusion à la pandémie qui restera, sans aucun doute, bien présente dans nos mémoires.

Lorsque j'avais entendu, pour la première fois, parler de l'épidémie de Covid, c'était à mon père que j'avais pensé : heureusement, il avait quitté ce monde depuis bien longtemps !

Puis, réalisant que, depuis ma naissance, une telle maladie ne s'était jamais propagée en France, j'avais été submergée par l'anxiété ambiante. Après le dénigrement général, cette « grippette » s'était avérée sérieusement inquiétante par son essor fulgurant dans le monde entier. Le confinement généralisé avait encore amplifié l'inquiétude. Bien sûr, les documents que nous devions remplir, chaque jour, pour nous « autoriser une heure de promenade hors de notre domicile » ne cessaient de nous amuser car ils nous paraissaient puérils et sans aucune utilité sérieuse.

Enfin, les masques, considérés dans un premier temps comme inutiles, étaient devenus obligatoires. Puis, les vaccins avaient fait leur apparition. A priori, il me semblait que je n'avais nul besoin de cette piqûre : mon père me l'avait appris, tous ces pseudovaccins ne visaient qu'à « enrichir les laboratoires », comme tous les médicaments d'ailleurs.

Puis, à force d'entendre, chaque soir, la litanie des contaminations, le nombre de morts en France, en Europe, en Israël et ailleurs, la peur avait pris le dessus : c'était la raison qui devait à présent mener la bataille (et non mon père et ses certitudes).

Peu de temps avant son départ, le Dr David m'avait précisé que son cabinet organisait des vaccinations tous les vendredis et que je pouvais m'inscrire.

C'était ainsi que j'avais rencontré le Dr Palladium, chargé de m'informer sur l'intérêt de ce vaccin, avant de me l'injecter. Puis, il m'avait posé la question suivante :

« Vous ai-je vraiment convaincue de l'utilité de cette injection ?

- Non, je n'y crois pas mais je vais, malgré tout, vous faire confiance.

- Sachez que je n'y crois pas non plus. Cependant, j'espère qu'il vous permettra d'éviter la contamination. Si vous souhaitez obtenir la seconde dose, je vous conseille de vous inscrire avant de partir... »

La seconde vaccination avait eu lieu au même endroit et j'étais saine et sauve, mais toujours aussi sceptique.

Lorsque la question s'était posée du rappel, j'étais encore plus dubitative et j'avais longtemps procrastiné avant de chercher un « vaccinodrome ».

Je refusais de perdre mon temps sur Internet et, plus je reculais le moment de ma recherche, plus elle devenait difficile. J'avais fini par dénicher un centre, à la mairie du dixième arrondissement qui avait aménagé un « espace Covid ».

La seule date restée disponible s'avérait être le vingt-quatre décembre, dans l'après-midi. Ce jour-là, on pensait plutôt au réveillon de Noël et à ses modalités complexes.

Les pouvoirs publics préconisaient en effet, de séparer les enfants de leurs grands-parents dans le but de protéger ces derniers.

Reléguer les « anciens » dans la cuisine pendant que toute la famille savourerait le repas de Noël dans le salon était évidemment inadmissible ! Il fallait donc réfléchir et trouver la meilleure formule à mettre en place rapidement. Toutes les énergies étaient dirigées vers ce but et.....on s'occuperait des vaccins plus tard.

Ce jour-là, vers quatorze heures trente, je m'étais rendue à la mairie, comme prévu. Ironie du sort : c'était dans cet édifice grandiose que mon premier mariage avait été célébré !

Une longue queue d'une trentaine de personnes s'était déjà formée devant la grande porte. Je m'étais approchée du commis, placé à l'entrée, pour lui présenter ma convocation. Il m'avait fait signe de me placer derrière les personnes qui attendaient dehors.

Heureusement, trente secondes plus tard, un jeune homme qui passait par là, peut-être le maire-adjoint ou un de ses assistants, m'avait regardée dans les yeux et précisé que je pouvais entrer et m'asseoir. Devant mon regard interrogatif, il avait ajouté :

« Madame, nous ne pouvons pas vous laisser dehors dans ce froid glacial de décembre. La salle d'attente est au fond du hall. Il vous suffit de présenter le document que vous avez dans la main au médecin de service qui vous installera confortablement jusqu'à ce qu'on vous appelle ».
- Ai-je droit à cette faveur en raison de mon âge ?
- Bien sûr. C'est tout à fait normal. Vous pourriez être ma mère et je n'aurais pas permis qu'on la laisse geler dehors. »

Je l'avais remercié chaleureusement (malgré la température externe qui frôlait le zéro) et j'avais pris place dans un confortable fauteuil, en pensant que j'avais l'âge d'être plutôt sa grand-mère....mais qu'il ne le saurait jamais.

Tout s'était ensuite passé très vite. Première arrivée sur les lieux, mon tour était rapidement venu et j'avais rejoint le boulevard Saint-Martin avant même l'heure à laquelle j'avais été convoquée.

Si vous pensez que les jeunes ne respectent jamais les personnes âgées, vous vous trompez peut-être !

Et, après le premier rappel, il y en avait eu un second, et ce sont finalement quatre injections qui ont été préconisées par les services de santé, notamment pour les personnes âgées ou vulnérables dont je faisais à présent partie ainsi que mon conjoint.

La vaccination antigrippe avait enfin complété ce tourbillon de piqûres dans nos bras et cependant......nous avions attrapé le Covid avant la fin de l'hiver.

En effet, au cours du mois de janvier 2023, l'épidémie avait perdu son agressivité. Alors que les cinémas, théâtres et autres lieux de distraction, avaient été autorisés, depuis plusieurs mois, à rouvrir leurs portes, nous avions enfin décidé d'aller voir une comédie dans un théâtre que nous ne connaissions pas... Cette option nous semblait de nature à améliorer notre moral.

La salle, minuscule, comptait un grand nombre de bancs inconfortables et se révéla pleine à craquer. Nous avions cependant déniché deux places au premier rang et nous nous préparions à rire.....

Le spectacle à peine commencé, un homme, assis juste derrière nous, se mit à éternuer à plusieurs reprises. Le temps d'ajuster nos masques....il était déjà trop tard !

Trois ou quatre jours plus tard, une gorge un peu douloureuse, un nez qui coulait et une petite fièvre m'avaient décidé à rendre une visite rapide à mon pharmacien. Le test confirma mes craintes : j'étais bien atteinte du Covid.

Le lendemain, Adrien découvrit qu'il était lui aussi positif.

Pendant une quinzaine de jours, nous avions évité de sortir sans nécessité absolue, même si les pouvoirs publics nous y autorisaient. Nous avions attendu que nos tests soient négatifs avant de retrouver les trottoirs et les magasins.

Ce Covid-là n'avait pas été bien méchant. Sans doute le devons-nous à nos quatre injections.

J'espère qu'il ne nous laissera aucune trace.

Le calme était revenu

A vant de clore ce chapitre sur ma vie médicale, je voudrais raconter une dernière anecdote, plutôt amusante, que j'avais eu l'opportunité de vivre dans mon cabinet médical habituel.

Un de ces jours où les enfants n'étaient pas à l'école, une jeune femme était arrivée avec deux fillettes, très probablement jumelles, âgées d'environ six ans et très turbulentes. Elles ne cessaient de se chamailler et de courir l'une après l'autre dans ce minuscule espace occupé par des patients qui attendaient leur tour. Leur mère, totalement impuissante, avait fini par les laisser faire, sans se soucier de la gêne occasionnée.

J'étais prête à intervenir lorsqu'une orthophoniste était sortie de sa salle de consultation. Elle s'était approchée lentement des deux protagonistes. Avec des yeux qui ne trompaient pas, elle avait commencé à les sermonner énergiquement et, très sérieuse, elle avait affirmé :

« Je m'aperçois que vous sucez des bonbons. Tout d'abord, mes demoiselles, il est interdit d'apporter de la nourriture dans un cabinet médical. Ensuite, la moindre des politesses serait de proposer aux personnes présentes de partager vos gourmandises.

Je pense que vous ne l'avez pas fait et moi, j'exige que vous me donniez immédiatement au moins un de vos bonbons. »

Les deux fillettes contemplèrent leurs baskets et aucune des deux n'osa faire le moindre mouvement.

L'orthophoniste, sans doute habituée à la gestion des enfants agités, les avait regardées droit dans les yeux en exigeant « son bonbon ». Puis, après avoir obtenu une sucrerie de chacune d'elles, elle affirma qu'elle leur rendrait, à la fin de la consultation, à condition qu'elles se taisent et ne bougent plus de leurs chaises...

Et le calme était ainsi revenu !

Leur mère n'en croyait pas ses yeux et nous non plus d'ailleurs !

CHAPITRE SECOND

L'IMMOBILIER, MOI

(et les autres)

Déception

J e ne me souviens plus de mon premier contact avec les agences immobilières. Je placerais cette rencontre au cours de l'année 1975.

Nos deux filles étaient très jeunes (sept et huit ans) lorsque nous avions envisagé de quitter notre appartement parisien, dont nous étions locataires, pour l'achat d'un pavillon de banlieue.

Cette idée était d'ailleurs très à la mode à l'époque. L'inflation, importante, souvent à deux chiffres, soutenait les prix de l'immobilier qui ne cessaient de grimper – comme les loyers d'ailleurs.

Nous habitions le dix-neuvième arrondissement et de nombreuses agences du quartier offraient, en vitrine du moins, le type d'habitation qui aurait pu nous convenir, en banlieue Est ou Nord.

Nous avions ainsi visité des pavillons, dans nos moyens, mais trop petits pour une famille de quatre personnes. Puis, nous avions accepté de nous éloigner de plus en plus de la capitale pour découvrir, à des prix plus raisonnables, des surfaces acceptables.

C'était ainsi que nous avions découvert une très belle demeure aux alentours de Roissy.

A l'époque le trafic aérien était loin de connaître l'envolée qui se produira par la suite. Quelques propositions nous avaient paru très alléchantes et avec un crédit – long et onéreux - nous aurions pu réaliser ce que nous pensions être le rêve de notre petite famille.

Nous avions sélectionné trois maisons qui nous paraissaient très confortables et décidé de demander leur avis à nos deux filles, pour ne pas passer pour des parents autoritaires.

La toute première proposition, celle qui se situait à Roissy, avait été immédiatement abandonnée.

En effet, alors que les propriétaires nous montraient, avec fierté, les fleurs et les plantations de légumes de leur jardin, plusieurs avions nous avaient survolés provoquant un vacarme épouvantable.

Avant de poursuivre notre route, nous nous étions arrêtés dans un petit bistrot sympathique. C'était l'été et les enfants, plutôt bruyantes en temps normal, sirotaient tranquillement leur jus de pomme et paraissaient, toutes les deux, littéralement éteintes.

Après dix minutes de questions sans réponse, l'aînée nous interrogea à son tour :

- Pourquoi voulez-vous déménager ? Nous aimons bien notre chambre, notre école et nos copains et copines et même nos maîtresses.

- Mais, simplement pour avoir plus d'espace : vous n'aimeriez pas avoir chacune votre chambre et pouvoir jouer dans un jardin ?

- Quant aux amis, vous en trouverez plein d'autres….avait proclamé leur père.

Je dois reconnaître que cette réponse n'avait convaincu ni l'une ni l'autre de nos filles et nous étions restés perplexes.

Après nous être octroyé un peu de temps pour nourrir notre projet, nous avions finalement décidé de ne pas déménager. Nos enfants nous avaient-elles influencés ? Notre envie de quitter Paris s'était-elle émoussée ? Nous ne le saurons jamais.

Mais nous avions compris que si, en achetant notre pavillon, nous devenions propriétaires, nous serions cependant en quelque sorte « locataires » de notre banque pour les dix ou quinze années à venir, aussi longtemps que notre prêt ne serait pas totalement remboursé. Le jeu en valait-il vraiment la chandelle ?

Je n'oublierai jamais la déception des agences immobilières que nous avions contactées.

Chacune des trois finalistes était, en effet, convaincue que nous ferions affaire avec elle....

Une anecdote affligeante

L e temps avait passé, mon père, veuf depuis très longtemps, avait fini par disparaître, malgré une opération chirurgicale qui aurait dû améliorer sa mauvaise circulation sanguine.

Il avait acheté, bien avant son remariage, une petite maison à une centaine de kilomètres de Paris. Notre « belle-mère » n'avait jamais essayé de nouer le moindre contact avec mon frère et moi et je dois reconnaître que nous ne l'aimions pas. Originaire d'une famille peu fortunée, elle entendait profiter de cette maison et nous empêchait donc de la vendre.

Quelque six mois après le décès de mon père, j'avais reçu un étrange appel émanant de la mairie de ce petit village où se situait la maison.

Après s'être assuré de mon identité, Monsieur le Maire m'avait affirmé que, si la propriété de mon père était à vendre, il possédait les coordonnées d'un jeune couple qui serait très intéressé.

Après lui avoir expliqué la situation, j'avais confirmé qu'une visite des lieux était bien sûr possible dès à présent.

Lorsque j'avais rencontré mes « futurs acheteurs », la dame, enceinte de six mois, me confirma qu'elle trouvait le lieu tout à fait à son goût et qu'elle serait ravie si l'affaire pouvait être réglée rapidement.

En fait, ce bien, qui n'avait rien de remarquable, l'intéressait au plus haut point, surtout parce que ses parents habitaient le village. Après avoir écumé les alentours, elle m'avait affirmé que c'était son meilleur choix. Elle patienterait donc mais... pas trop longtemps !

Je dois préciser que lorsque le couple avait réussi à déménager dans la maison qu'il avait enfin achetée, la ravissante petite fille, née entretemps, venait de fêter son deuxième anniversaire !

Une remarque : les prix avaient très nettement évolué à la hausse dans l'intervalle. Mais mon frère et moi avions accepté la vente au prix décidé, deux années plus tôt. Nous étions tellement las de cette belle-mère horripilante et de cette histoire interminable que nous étions heureux d'en connaître la fin....

La veuve de mon père, se sentant seule après le décès de son conjoint, aurait souhaité garder le contact avec nous. Mais, après cet épisode lamentable qu'elle nous avait fait vivre, nous étions bien décidés à rompre définitivement tout lien avec elle.

Cet épisode, que nous avons vite oublié, n'aura finalement été qu'une anecdote que mon père aurait surement trouvée affligeante.

La raison d'être des agences immobilières

Mon troisième contact avec le milieu de l'immobilier avait été plutôt cocasse.

J'étais divorcée depuis quelques années déjà et mes enfants avaient pris leur envol. Je continuais à vivre dans l'appartement conjugal, obtenu par le biais du « un pour cent patronal » et dont le loyer était bien inférieur à ceux du marché.

Pendant cette période, entre mes histoires d'amour qui finissaient « plus ou moins mal en général », j'étais souvent seule, notamment pendant les périodes de vacances.

Pour pouvoir être libre de mes déplacements, j'avais tout d'abord licencié tous mes amants qui me servaient souvent de chauffeurs.

Puis, je m'étais offert une petite Peugeot 104, dont j'étais très fière, ainsi qu'un minuscule appartement à Franceville, un village normand très sympathique.

C'était là que je savourais la plupart de mes week-ends dès l'arrivée du printemps. A la fin du mois de mai, j'étais déjà bien bronzée et mes collègues me regardaient avec envie. Je dois reconnaître que je me sentais très heureuse, chaque fois que je pouvais quitter la capitale.

J'avais développé d'excellentes relations avec tous les occupants de cette petite copropriété de deux étages qui comptait environ six familles.

Or, j'ignorais que nous entretenions des relations exécrables avec les habitants de la maison voisine : un arbre avait poussé trop en hauteur et nous cachait le soleil, notamment en plein été....

Notre syndic avait exigé la coupe de l'arbre, conformément à la loi, mais n'avait pas eu gain de cause. Nous avions finalement demandé l'arbitrage du Maire et ... le soleil était revenu.

Cette affaire enfin terminée, nos voisins, sans doute, pour se déculpabiliser, avaient organisé une petite soirée de réconciliation à laquelle j'avais été conviée.

Ce que j'ignorais alors c'était que je rencontrerais, ce soir-là, mon deuxième époux. En effet, ce dernier, très ami avec la famille voisine, avait assisté lui aussi à la petite sauterie. J'étais seule ce soir-là, lui aussi, mais c'est une autre histoire....

Plus tard, bien après notre mariage, nous avions réalisé que mon appartement francevillais, très sympathique certes, était vraiment trop exigu pour un couple. J'étais prête à le vendre mais à condition que nous puissions en acheter un autre en Normandie. En effet, la proximité avec la région parisienne, que nous n'avions pas l'intention de quitter dans l'immédiat, était un atout majeur.

Alors, nous avions parcouru cette région dans tous les sens et fini par découvrir un immeuble neuf, dont la construction était presqu'achevée à Cabourg, une petite ville très touristique.

Un panneau précisait qu'un seul appartement était encore en vente. Renseignement pris, la cause de cette non-vente provenait d'un refus de crédit bancaire.

Nous avions pensé à quelque malfaçon ou à un appartement situé en rez-de-chaussée mais après la visite, nous avions constaté que ce logement était parfaitement compatible avec nos attentes.

L'opération se réaliserait à deux, toutefois afin d'éviter de m'endetter au-delà du raisonnable, j'avais obtenu une clause particulière qui me permettait d'honorer cet achat immobilier si – et seulement si – mon appartement de Franceville était vendu.

Le délai de livraison finale était fixé à six mois maximum et nous n'avions donc pas de temps à perdre. En effet, nous connaissions peu le marché de l'immobilier normand et la durée des transactions nous était totalement inconnue.

Nous avions alors profité de tous nos week-ends du mois de juillet de cette année-là pour prospecter toutes les agences immobilières de Franceville et des environs.

Nous avions opté, dans un premier temps, pour deux officines dans le village. Il en existait une troisième mais, pour « tâter le terrain », notre approche nous semblait suffisante.

Or, un certain lundi du mois d'août, alors que j'arrivais à peine au bureau, le responsable de cette troisième agence m'avait téléphoné :

« Bonjour madame. Excusez-moi de vous déranger. Mais vous êtes bien propriétaire d'un appartement que vous souhaitez vendre à Franceville ?

- C'est exact, monsieur. Mais, je ne crois pas vous avoir mandaté à ce sujet.

- En effet, mais j'ai le plaisir de vous faire savoir qu'un de mes clients est très intéressé par votre bien.

- Peut-être, mais comment avez-vous eu mes coordonnées ? Que savez-vous du prix auquel je souhaite vendre cet appartement ?

- Je crois savoir que vous envisagez de vous rendre propriétaire, avec votre conjoint, d'un appartement situé à Cabourg et que vous devez d'abord vendre votre bien à Franceville.

- Comment avez-vous eu connaissance de toutes ces informations ?

- Pour tout vous dire, c'est mon épouse qui vous a proposé l'appartement cabourgeais et vous lui avez précisé que « si l'appartement de Cabourg était deux fois plus grand que celui dont vous disposez actuellement, il était aussi trois fois plus cher ». J'ai donc pris ma calculette et j'ai informé mon client de votre prix : il l'a accepté immédiatement. J'ai emprunté vos clefs à un de mes concurrents et après la visite, mon client a signé une promesse d'achat. Il ne vous reste donc plus qu'à venir me voir le week-end prochain afin d'apposer votre paraphe sur tous les documents que je vais compléter. Tout sera prêt et vous pourrez ainsi vous installer à Cabourg, dès que le promoteur aura terminé la construction. »

C'était ainsi que cette opération d'achat-vente avait été si rapidement conclue et que nous avions pris possession de notre nouvel appartement l'hiver suivant.

J'avais enfin compris la raison d'être des agences immobilières !

Résidence principale

J e venais donc d'acheter, avec mon « futur second mari », Adrien, une résidence secondaire dont l'achat s'était admirablement déroulé.

Pendant quelques années, les salariés que nous étions tous les deux, continuaient à vivre chacun dans son lieu personnel : ma semaine se passait dans la chaleur de mon appartement parisien en hiver, tandis que celle d'Adrien se déroulait au soleil de son jardin de banlieue en été. Nous nous retrouvions tous les samedis dans l'un ou l'autre de nos domiciles, selon nos activités réciproques. Les week-ends d'été, par contre, se passaient en général en Normandie.

Quelque quatre années plus tard, j'avais réussi à prendre ma retraite la première, même si j'étais un peu plus jeune qu'Adrien. La question s'était alors posée de notre future cohabitation et nous avions décidé, dans un premier temps, de nous marier puisqu'Adrien était divorcé, lui aussi.

Mais, où allions-nous vivre ?

Si j'étais locataire de mon appartement parisien, Adrien était depuis longtemps propriétaire de son pavillon. Il n'avait pas envie de le quitter, car il aimait le calme de la campagne et adorait s'occuper de son jardin et de ses plantations.

Cependant, il avait compris que, pour les retraités que nous serions bientôt tous les deux, un logement dans la capitale, bien fournie en hôpitaux et centres de soins, n'était sans doute pas une hypothèse à négliger.

De plus, il sentait bien qu'il ne pourrait pas longtemps encore couper ses haies, entretenir sa pelouse, ou prendre soin de ses massifs fleuris. Il devrait aussi dire adieu aux barbecues dominicaux avec ses voisins.

Quant à moi, une seule réponse : il était bien trop tard pour que j'accepte les contraintes liées à une maison individuelle ...

Une fois d'accord sur l'option de l'appartement plutôt que du pavillon, il nous restait à vérifier que la ville la plus chère de France (j'ai nommé Paris) était bien le meilleur lieu pour acheter notre résidence principale. La location était évidemment exclue.

En attendant de trouver notre domicile conjugal idéal, Adrien, qui exerçait à présent son activité professionnelle à Paris, avait trouvé pertinent de s'installer chez moi et de louer son pavillon.

Les deux années suivantes, nous étions donc prêts à faire le tour de la « France immobilière ».

Nous avons visité un nombre incalculable d'appartements neufs ou anciens : en Provence d'abord avec Aix ou Marseille pour l'ensoleillement, en Bretagne ensuite pour la proximité avec la Normandie, puis Avignon pour son festival annuel et même Vichy pour ses infrastructures dédiées aux personnes âgées. Si toutes ces offres nous paraissaient séduisantes, nous hésitions encore.

Alors, pourquoi ne pas séjourner à Cabourg toute l'année ?

Or, nous ne connaissions de la Normandie que les périodes de vacances : Noël-Jour de l'An, Pâques, les ponts de mai et enfin les mois de juillet et août.

Une fois tous les deux à la retraite, nous avions donc imaginé de nous rendre en Normandie, pour une dizaine de jours chaque mois, afin de « ressentir l'ambiance » tout au long de l'année.

Le résultat fut conforme à nos craintes : des périodes d'hiver vides et tristes à pleurer, et des étés surpeuplés (nous le savions déjà).

De plus, l'offre d'établissements de soins se révélait très maigre, le premier hôpital se situant à Caen, à une trentaine de kilomètres.

C'était donc bien dans la capitale que nous finirions nos jours.

Adrien suggéra que l'on reste dans le dix-neuvième arrondissement, tandis que j'aurais souhaité me dépayser un peu.

Après des recherches infructueuses et des visites d'appartements parisiens affichant des prix bien supérieurs à nos moyens financiers, je m'étais rendue à l'évidence : nous allions rester dans ce quartier où médecins, pharmaciens, et autres laboratoires d'analyse, m'étaient devenus très familiers pendant les quelque trente années où je les avais côtoyés.

Et notre prospection avait repris, avec une grande conviction, cette fois, car nous commencions à vieillir.

De plus, le marché de l'immobilier semblait vouloir s'infléchir, notamment dans la capitale, et cette tendance pouvait nous être favorable.

Cette prospection, vécue à deux, nous avait également apporté des informations précieuses sur les attentes de l'un et de l'autre.

Nous possédions un nouvel atout à présent : nous savions exactement le type d'appartement que nous recherchions.

Alors nous avions renoué avec la tournée des agences immobilières, nombreuses dans le quartier et pensions être armés contre les « bonimenteurs » qui prospéraient dans le métier.

Bref, nous espérions nous amuser en cherchant notre « dernière demeure ».

Cette formule avait été précisément employée par la directrice d'une des agences consultées. L'appartement qu'elle nous avait proposé ne nous convenant pas, nous avions décliné son offre tout en essayant de lui expliquer que ce serait notre « dernier achat immobilier ». La réponse avait fusé :
« Est-ce que je me trompe ? Je crois comprendre que vous recherchez votre dernière demeure. »
Je lui avais alors rétorqué :
« Non, madame, vous faites fausse route : c'est notre avant-dernière demeure que nous espérons dénicher... »
Elle avait « fait une gaffe » et venait de s'en apercevoir....
Nos nombreuses heures à traquer la bonne affaire nous avaient permis de découvrir LA résidence, qui nous plaisait vraiment. Nous y avions visité un appartement correspondant enfin à notre recherche.
Son prix nous obligeait cependant à vendre notre logement cabourgeais, si nous ne voulions pas souscrire un crédit bancaire. Le taux de ce dernier était certes peu élevé, mais le coût de l'assurance – nous avions tous les deux largement plus de soixante ans – nous paraissait prohibitif.

Cette fois, nous avions affirmé à l'agent immobilier que nous souhaitions réfléchir encore pendant le week-end suivant et qu'ensuite nous serions sans doute prêts à signer une promesse d'achat dès le lundi suivant.

Ce samedi-là, en ce mois de mai où la météo avait annoncé un soleil rayonnant, nous avions mis le cap sur Cabourg, afin de faire expertiser notre logement et d'obtenir une idée approximative de son prix de vente.

Toutefois, avant de prendre notre décision, nous avions eu l'idée de vérifier sur Internet, la valeur des biens identiques à celui que nous convoitions dans la capitale.

Et, miracle, un autre appartement dans cette résidence était proposé à la vente à un prix bien plus abordable.

Dès le lundi suivant, pourquoi ne pas rendre une petite visite au régisseur de cette copropriété ?

Cet homme, très sympathique, nous reçut aimablement. Il nous précisa qu'il détenait les clefs de ce bien à vendre. Nous pouvions donc le visiter immédiatement, si nous le souhaitions.

Ravis de profiter de cette offre inattendue, nous avions découvert que ce logement était la réplique exacte de celui que nous nous apprêtions à acheter.

Mais il était dans un très mauvais état : les murs étaient couverts d'un papier-peint qui datait sans doute du siècle dernier, la peinture des plafonds était craquelée dans toutes les pièces, la moquette laissait paraître le ciment qu'elle ne recouvrait que par endroits, la cuisine et la salle de bains étaient totalement à revoir....

La différence de prix s'expliquait donc aisément et Adrien m'affirma qu'il était capable de tout remettre en état lui-même. Ce délabrement général ne lui faisait « même pas peur » !

Enfin, dernier avantage de taille : nous n'étions plus obligés de vendre notre propriété cabourgeaise.

La procrastination n'était plus de rigueur. Une heure plus tard, nous téléphonions au propriétaire, M. Blanc, qui avait déménagé en province.

Nous avions abandonné l'idée de négocier le prix très correct, même dans un marché immobilier baissier.

Dans ces conditions, notre interlocuteur nous conseilla de nous adresser directement à son notaire pour effectuer les formalités administratives.

C'était dans l'après-midi de ce jour-là que nous avions confirmé par téléphone notre offre.

Le tour était joué.

Beaucoup plus tard, nous avions appris qu'un des habitants de la résidence, avait été lui aussi en négociation pour l'achat de ce bien. Il réclamait cependant une baisse de cinq mille euros....

La chance peut parfois nous sourire et cette fois-ci nous avions su la saisir.

Une fois de plus, l'agence immobilière fut très déçue car nous avions négocié en direct et que, par conséquent, la commission ne lui était pas due.

La promesse de vente signée, M. Blanc, conscient des travaux à réaliser, affirma qu'il était prêt à nous fournir immédiatement les clefs pour nous rendre service et nous faire gagner du temps.

Naïvement, nous avions accepté sa proposition, avant de découvrir que, loin d'être un philanthrope, il espérait ainsi se dédouaner du paiement des charges, jusqu'à la signature finale.

C'était lorsqu'il nous avait envoyé les appels de charges trimestrielles, libellés à son nom, que nous avions découvert la supercherie.

Après avis de notre notaire, nous avions renvoyé les clefs à leur propriétaire en le priant de régler lui-même les sommes dues, conformément à la loi.

Cette réaction avait été la bonne puisque la transaction finale ne fut signée que six mois plus tard.

En effet notre vendeur, ne retrouvant plus son acte de propriété, avait dû s'adresser à l'administration pour obtenir un duplicata officiel.

En attendant, nous avions continué à vivre dans notre ancien appartement qui se situait à quelque deux cents mètres du nouveau.

Adrien avait réussi à terminer, dès la fin des formalités d'achat, tous les travaux de réfection et de remises en conformité de notre nouvelle demeure. Nous avions donc rendu à notre bailleur l'appartement que nous occupions, sans aucune perte de temps.

Pendant qu'Adrien se débattait avec peinture, papiers-peints et fils électriques en tout genre, j'avais eu le loisir de trier toute la paperasserie conservée depuis tant d'années.

Un examen attentif de mon linge de maison et de mes vêtements allait nous permettre d'alléger notre déménagement.

Quelques années plus tard, alors que nous vivions avec bonheur dans cet appartement refait à neuf, nous mesurions la chance qui nous avait permis de réaliser cet achat.

Et puis, un de ces jours, j'avais appelé l'ascenseur pour descendre. En chemin, deux personnes étaient montées. Nous nous étions saluées poliment, puis une de ces dames s'adressa à moi :

« Excusez-moi de vous déranger, mais est-ce indiscret de vous demander si vous habitez cette résidence ?

- Pas du tout, ma réponse est oui.

- Êtes-vous propriétaire ?

- Oui.

- Combien de personnes logent avec vous ?

- Nous sommes deux, mon conjoint et moi.

Je commençais à penser que cette discussion prenait un tour plutôt intrusif, mais l'interrogatoire avait continué.

- Je suppose que vous disposez d'un trois pièces, je me trompe ?

- Oui, car c'est un quatre pièces que nous occupons.

- Quatre pièces....Vous ne trouvez pas que c'est un peu grand ? Un trois pièces serait largement suffisant, il me semble. Je peux vous aider à vendre votre logement actuel et vous proposer un lieu plus petit, ce qui vous permettra de vous procurer des liquidités.

Ce serait une excellente opération, qu'en pensez-vous ?

- Je vous précise que notre appartement nous convient parfaitement. Nous sommes retraités tous les deux et heureux de disposer d'un espace confortable.

Heureusement, l'ascenseur avait atteint son but et je n'avais aucune intention de continuer cette conversation. Avec un brin de politesse, j'avais clos notre conversation :

« Désolée, mais votre offre n'a vraiment aucun intérêt pour moi. Bonne journée ».

Je n'avais pas osé ajouter qu'elle pourrait s'adresser à nos héritiers, le moment venu....

Julien et l'immobilier

Mon contact suivant avec le milieu de l'immobilier concerne plutôt mon frère, Julien, qui m'avait chargée de prospecter pour lui un appartement situé dans Paris.

A cette époque, il habitait Genève avec sa femme et sa fille. Il pensait que cette dernière continuerait peut-être son cursus scolaire à Paris et que l'achat d'un appartement serait un bon placement.

Pendant plusieurs semaines, j'avais prospecté, avec l'aide de ma fille aînée Anna, quelques biens à vendre dans plusieurs quartiers : la République, la Bastille ou la Nation. Ces quartiers étaient richement pourvus en termes de transports en commun et les commerces pullulaient.

Mais, il s'agissait d'immeubles anciens qui, même rénovés, manquaient cruellement de salles d'eau. Nous avions visité, par exemple, un splendide appartement avec un salon immense, dont les murs étaient couverts de ces moulures dorées d'un autre temps. Un seul problème : la douche, installée dans un placard, était difficilement accessible.

De plus, les parkings étaient en général absents et le stationnement, dans ces rues très fréquentées, souvent impossible.

Par ailleurs, le prix de l'immobilier était élevé, même s'il n'atteignait pas évidemment celui des Champs-Élysées, de la Concorde ou du seizième arrondissement.

En tenant compte de ces informations, Julien avait finalement décidé de se rapprocher de sa sœur et j'avais alors commencé à orienter mes recherches sur les agences du dix-neuvième arrondissement.

Ce dernier, beaucoup plus populaire, offrait quelques immeubles récents qui disposaient de tout le « confort moderne ».

Anna et moi avions sélectionné trois appartements qui nous paraissaient intéressants : le premier se situait très près de la Place des Fêtes (victime d'une mauvaise image), le second, un peu vétuste, était difficilement accessible par trois ou quatre marches inconfortables.

Quant au dernier, situé à quelques mètres des Buttes Chaumont, au septième étage d'une copropriété verdoyante et sans problème, Julien l'avait préféré en raison de son emplacement, mais aussi de la présence d'une vraie salle de bains, d'un parking et même d'un balcon.

Toutefois, ce lieu semblait vide depuis longtemps et des salissures, présentes sur le balcon, attestaient d'un manque criant d'entretien. Le commercial de l'agence nous certifia cependant que cet appartement n'était libre que depuis...trois mois ! Sa réponse nous avait paru étonnante, voire mensongère.

En outre, le prix nous paraissait surestimé. Mon frère, de retour en Suisse, après réflexion et avis de son épouse, adressa à l'agence une offre de prix minoré de vingt pour cent. La réponse fut immédiate : un non « franc et massif ». Nous pensions cependant qu'il fallait tenir bon et mon frère refusa de céder.

Un mois plus tard, l'agence m'avait appelée pour me préciser que, finalement, l'offre était acceptée.

La semaine suivante, mon frère arrivait de nouveau à Paris pour signer tous les documents utiles, en présence du propriétaire.

Comme il était très sympathique, nous l'avions invité à « boire un verre » pour essayer de savoir depuis combien de temps son appartement était vide. Il nous parla longuement des circonstances de son achat, puis de la mort de sa femme et de son souhait de prendre sa retraite en dehors de la région parisienne.

Il nous confia enfin que, depuis son veuvage deux ans plutôt , il n'avait pas remis les pieds dans les lieux. Il avait eu beaucoup de mal à vendre son appartement, car l'agence, qui était rémunérée au pourcentage, ne souhaitait pas perdre le moindre centime....

Il avait dû menacer de retirer la vente pour que l'agence lui transmette enfin l'offre de Julien.

C'était bien ce type de comportement qui m'avait si souvent exaspérée.

Une retraite bien méritée

D eux mois s'écoulèrent encore avant la signature définitive de l'achat de cet appartement que mon frère avait tant convoité.

Une fois propriétaire, Julien ne voulait pas que ce logement reste vide. Cependant, il n'avait aucune intention de chercher un locataire.

Anna, quant à elle, occupait alors un endroit qui avait été déserté par une de mes amies. Celle-ci était locataire, mais ne pensait nullement résilier son bail dans l'immédiat.

Julien avait alors proposé à Anna de s'installer dans son appartement récemment acquis. Elle accepta à condition de régler un loyer raisonnable, car elle refusait d'être logée gratuitement. Une fois son aménagement terminé, elle restera dans ce lieu pendant plusieurs années.

Puis, Laura, la fille de mon frère, était venue continuer ses études à Paris, comme son père l'avait pressenti.

Une énigme familiale était alors à résoudre : les deux filles pourraient-elles cohabiter ? Anna devait-elle quitter les lieux afin de les libérer pour sa cousine ? Julien allait-il chercher un autre logement pour sa fille ?

C'était la dernière hypothèse qui avait été retenue dans un premier temps, car Laura souhaitait loger le plus près possible de la faculté.

Cependant, les loyers pour les chambres d'étudiants, dans le quartier du boulevard Saint-Michel, s'étaient révélés excessifs. Il me paraissait anormal que les frais soient supportés par mon frère, alors qu'il avait anticipé cet achat immobilier pour permettre à sa fille de s'installer confortablement à Paris, afin d'y suivre ses études universitaires.

C'était alors qu'Anna, qui avait un emploi plutôt bien rémunéré depuis deux ans, s'était mise en tête d'acheter un logement : j'avais tout de suite pensé que c'était une excellente idée. Anna s'était alors réinstallée chez moi, dans sa chambre de jeune fille et la cohabitation se déroulait plutôt bien.

Très assidue dans sa recherche immobilière, elle avait repéré un logement susceptible de l'intéresser à proximité du siège social de l'entreprise pour laquelle elle travaillait.

Un de ces samedis matin, alors que nous étions invités à déjeuner, Adrien nous avait conduits jusqu'au pied de l'immeuble concerné. La visite nous avait permis de découvrir un appartement banal avec un défaut majeur : l'ascenseur s'arrêtait à mi-étage et il fallait ensuite grimper une vingtaine de marches pour arriver à destination. Avec un caddie plein ou un enfant dans une poussette, c'était un challenge impossible.

De retour dans la voiture, nous avions aperçu, dans cette ville de banlieue, un panneau publicitaire annonçant la construction de plusieurs immeubles neufs.

Il m'avait semblé qu'après notre déjeuner, une visite au promoteur pourrait être judicieuse.

Et, en effet, cet immeuble comportant plusieurs appartements très bien agencés, pouvait être une excellente opportunité.

De plus, le promoteur précisa qu'une ristourne de vingt à trente pour cent était prévue pour les jeunes qui souhaitaient effectuer leur premier achat immobilier.

Un an plus tard, Anna avait pris possession de son appartement. Adrien l'avait aidée de nouveau à s'installer confortablement.

Il lui avait notamment fabriqué un splendide passe-plat entre la cuisine et le salon.

Mais, voilà que, tout d'un coup et sans crier gare.......Anna avait disparu ou plutôt elle avait décidé de ne plus revoir aucun des membres de sa famille !

Laura avait occupé l'appartement pendant ses cinq années d'étude et avait réussi brillamment tous ses examens. Puis, elle avait décidé de retourner vivre à Genève.

Quant à Julien, après son divorce, il avait décidé de retrouver sa terre natale. C'est lui qui vit à présent avec bonheur dans ce logement depuis une dizaine d'années.

Pendant trois décennies, mon frère avait parcouru le monde, entre le Cambodge, les États-Unis, la Suisse et la Belgique. Je suis très heureuse de le revoir à Paris pour une retraite bien méritée.

Louis et la location immobilière

L'histoire suivante ne me concerne pas directement non plus. J'ai juste été quelquefois témoin des péripéties de ce conte qui n'a rien de féérique.

Un de mes amis, que nous appellerons Louis, était propriétaire depuis de nombreuses années, d'un appartement dans une proche banlieue de la capitale. Il aurait pu l'habiter, mais il l'avait acheté, précisément pour le louer, afin de compléter sa retraite, dès le moment venu.

Pendant une dizaine d'années, une famille, soit le père, la mère et les deux enfants, occupait ce lieu sans aucun problème. Mais, la jeune fille, puis son frère, avaient grandi et pris leur envol.

Les parents décidèrent alors de louer un logement plus petit et plus près de Paris où ils exerçaient leur activité tous les deux. Louis, très triste de les voir partir, était profondément inquiet à l'idée de recommencer la recherche de nouveaux locataires. Son anxiété était parfaitement justifiée.

Avant de s'adresser à une quelconque agence, il avait tout simplement inséré une annonce dans plusieurs journaux.

Contrairement à ce qu'il imaginait, les candidats, nombreux mais peu solvables, avaient occasionné de longues heures de communications téléphoniques. En effet, il refusait de louer à des personnes qui ne disposaient pas, comme la loi le précise, de revenus suffisants. De plus, si cette clause n'était pas satisfaite, il ne pouvait trouver aucune compagnie susceptible de l'assurer en cas de non-paiement des loyers ou de dégradation des lieux.

Il avait aussi reçu plusieurs lettres manuscrites, plus ou moins fantaisistes. J'en avais lu plusieurs et Louis m'avait demandé mon avis sur la véracité des informations fournies dans certains de ces courriers.

Je citerais un seul exemple caricatural : une femme se déclarait « secrétaire de direction » avec un salaire conséquent (qu'elle ne précisait pas) mais sa lettre manuscrite était bourrée de tant de fautes d'orthographe que ses déclarations paraissaient mensongères.

L'attention de Louis avait cependant été attirée par la correspondance d'une infirmière qui exerçait son activité dans un hôpital du département. Il avait décidé de la rencontrer, notamment pour consulter ses feuilles de paie. Malheureusement, son salaire était insuffisant et elle n'était pas fonctionnaire (comme Louis le supposait) mais vacataire. Elle occupait donc un emploi précaire avec des ressources aléatoires.

Cependant, elle avait affirmé vivre en ménage avec un homme dont les revenus étaient conséquents. Elle révéla qu'il dirigeait une entreprise florissante d'import-export de fruits et légumes vers l'Afrique. Il occuperait l'appartement avec elle et signerait donc lui aussi le bail de location.

Quelques jours plus tard, les deux occupants avaient paraphé les documents réglementaires.

La seule question qui restait à régler était celle de l'assurance. Louis m'avait demandé mon avis et, malgré une cotisation non négligeable, je lui avais vivement conseillé de souscrire ce contrat.....« quoi qu'il en coûte » !

Il avait fini par se laisser convaincre tout en maugréant en raison de la somme à verser chaque année.

Pendant deux belles années, le loyer avait été réglé normalement aux dates prévues. Louis n'avait pas manqué de se plaindre à propos de cette assurance, fort chère, que je lui avais préconisée et dont il n'avait nul besoin.

Et puis, l'acquittement des loyers avait commencé à se décaler : du premier jour du mois, on était passé au dix, puis au quinze et, trois mois plus tard, Louis avait appris de la bouche de sa locataire, que son conjoint venait de la quitter : elle précisa qu'elle aurait donc beaucoup de mal à régler les sommes dues.

Mais elle s'engageait à faire le nécessaire afin que les retards ne soient pas perturbants pour le propriétaire qui devait payer les charges trimestrielles, que le loyer soit encaissé ou non.

Et puis, les paiements s'étaient totalement arrêtés et Louis avait pris contact avec son assurance....

Au cours des deux années suivantes, la locataire ne donna plus aucun signe de vie et c'était la compagnie d'assurances qui envoyait, souvent avec retard, chaque trimestre, un chèque pour combler les sommes impayées.

Louis, nouvellement retraité, qui avait espéré que cette location lui permettrait de maintenir son niveau de vie, sentait monter une inquiétude légitime.

Au début de la troisième année, l'assurance, sans doute lasse de régler des sommes qu'elle préférait certainement verser en dividendes à ses actionnaires, avait eu recours à un huissier.

Ce dernier devait faire procéder à l'expulsion de l'occupante, conformément au jugement du tribunal d'instance qui avait rendu son verdict l'année précédente.

Malgré cette requête, trois mois plus tard, les lieux n'étaient toujours pas libérés. L'huissier s'était alors adressé au Préfet pour obtenir le concours de la force publique mais cette requête fut, elle aussi, sans effet.

Je ne connais pas toutes ces procédures mais la seule chose dont je me souvienne, c'était que dix-huit mois après le jugement d'expulsion, la locataire vivait toujours tranquillement – et gratuitement - dans son logement, sans être inquiétée.

Or, un de ces jours où rien ne se passe, Louis avait reçu un appel d'EDF qui allait installer un compteur électrique de nouvelle génération dans cet appartement semblant inhabité. Surpris, Louis avait réussi à joindre sa locataire sur son portable.

A son grand étonnement, elle lui précisa avoir quitté les lieux une quinzaine de jours plus tôt et remis les clefs à l'huissier venu faire l'inventaire des meubles et accessoires à saisir....

Nul n'avait prévenu Louis qui, tout à coup, retrouva instantanément sa bonne humeur...

Toutefois, refroidi par ces trois années très difficiles, il ne voulait plus se lancer dans une nouvelle course aux locataires et pensa immédiatement à la vente de son appartement. Cette décision lui paraissait d'autant plus judicieuse que les loyers impayés avaient enfin été totalement remboursés par l'assurance, plus d'un an après le départ de l'habitante indélicate.

Au préalable, des travaux de nettoyage et de remise à neuf, notamment dans la cuisine laissée dans un état lamentable, s'avéraient indispensables.

Il s'en acquitta avec ferveur et détermination et deux mois plus tard, il avait enfin fait réaliser le « Diagnostic de Performance Énergétique » (DPE) obligatoire. Le document précisait toutefois que le lino recouvrant le plancher de la cuisine contenait de l'amiante. Plein de courage, Louis procéda lui-même au changement du revêtement.

Enfin, l'appartement était prêt à la vente.

Si l'achat avait été facile quelque trente années plus tôt, la vente l'était beaucoup moins actuellement. Quel canal fallait-il privilégier ? Une agence physique, une boutique virtuelle uniquement présente sur Internet, les réseaux sociaux ?.... A quel prix le proposer ? Le box devait-il être vendu séparément ? Bien sûr, les sites informatiques pouvaient répondre à toutes ces questions, mais étaient-ils vraiment fiables ?

Louis décida, dans un premier temps, de poster son annonce sur un site spécialisé dans la vente immobilière entre particuliers. Trois mois plus tard, et devant le peu de contacts obtenus, il s'était décidé à s'adresser à une agence physique proche de son bien.

Quelques visites avaient eu lieu : un des prétendants ne disposait pas des revenus nécessaires et s'était alors décidé à orienter ses recherches vers un logement plus petit. Une autre ignorait qu'elle avait le vertige et, même si l'agencement du lieu lui plaisait fortement, le neuvième étage ne pouvait pas être une option pour elle. Une troisième personne voulait transformer ce lieu en « location AirBnB » pour trois colocataires et ne voyait guère comment réaliser ce projet chimérique, compte tenu de la disposition de l'appartement....
Deux ou trois acheteurs souhaitaient obtenir une baisse du prix, mais changèrent finalement d'avis avant même le début de la négociation.

Bref, un an après le départ de sa locataire, Louis ne pouvait espérer le moindre revenu de son bien, ce qui lui paraissait fort dommageable, d'autant que les charges continuaient à être dues évidemment.

Il faut préciser que cette ville de banlieue a bénéficié, au cours des vingt dernières années, d'un programme de développement très ambitieux.

Les nouveaux arrivants peuvent actuellement trouver à se loger, à la location comme à la vente, dans des immeubles fraîchement sortis de terre et bénéficiant donc de toutes les normes récentes.

Cette bétonisation peut paraître excessive et acheter son appartement dans un immeuble neuf s'avère bien sûr plus onéreux que dans une construction des années 1970, par exemple.

Mais, cette option peut permettre d'éviter, le paiement de lourdes charges.

En effet, il est évident que les réglementations à venir, concernant notamment le réchauffement climatique, auront pour effet une augmentation non négligeable des dépenses imputables aux propriétaires de logements anciens. Ces travaux concerneront, par exemple, l'isolation des parties privatives et communes, les branchements aux divers réseaux informatiques, l'installation de bornes de recharges en conformité avec le développement de nouvelles formes de déplacement, etc...

La vente d'un appartement ancien dans un tel contexte s'avère donc beaucoup plus difficile qu'on ne l'imagine.

Un nouveau concept semble toutefois se dessiner. Nul n'ignore qu'un certain nombre de communes ou de départements sont toujours très en retard dans l'obligation de construire des HLM sur leur territoire.

Pour répondre aux citoyens qui pourraient, par exemple, se référer à leur Droit Au Logement (DAL), l'Etat favoriserait les propriétaires individuels acceptant de louer leur bien à des familles nécessiteuses. En échange de loyers inférieurs au marché, de fortes remises d'impôt seraient accordées aux propriétaires prêts, par l'intermédiaire d'associations caritatives, à entrer dans ce système.

Cette loi semble intéressante mais qu'adviendra-t-il de l'appartement s'il est occupé par des locataires peu soucieux du bien d'autrui ? Le propriétaire sera-t-il dédommagé si les locataires ne paient pas leur loyer et squattent les lieux ? Qui paiera les éventuelles dégradations ?

Enfin, comment être sûr que la valeur du bien ne sera pas détériorée par un mauvais usage des lieux ?

Tant de questions se posent encore et Louis est bien indécis, d'autant que ces contrats avec l'Etat sont souscrits pour une durée minimum de trois ans.

Que ferais-je à sa place ? Je l'ignore !

CHAPITRE TROIS

LA BANQUE ET MOI

C'était le passé

A ma naissance, mes parents avaient eu l'idée d'ouvrir un compte d'épargne à mon nom dans une grande banque d'excellente renommée.

Au cours des années, mon père, bien que peu fortuné, avait acheté pour mon compte, et très régulièrement, des obligations d'Etat dont les taux d'intérêt étaient très élevés – l'inflation aussi d'ailleurs – Il avait deviné que ses achats se révèleraient plus utiles pour mon avenir que toutes les collections de chaussures ou de vêtements dont je rêvais alors. Bien sûr, il avait eu raison.

Au fil du temps, ces obligations avaient été transformées en lignes sur mon livret d'épargne. Les taux étaient toujours très intéressants mais l'inflation galopante diminuait notablement l'intérêt de l'épargne.

Lorsque je me suis mariée, (très jeune, je venais juste d'avoir dix-huit ans), l'argent ainsi accumulé, nous avait permis de louer un appartement confortable à quelques pas de la Place de la République.

Il s'agissait d'un logement régi par la loi de 1948 qui avait, en son temps, bloqué les loyers. Mais cet avantage avait un prix et nous avions alors versé une « reprise » à la locataire précédente pour qu'elle accepte de déménager. Mon père avait ainsi réussi à nous aider, même s'il acceptait difficilement ce mariage trop précoce à son gré.

C'était dans ce lieu que mes deux enfants avaient vu le jour. J'avais appliqué, tout naturellement, la méthode paternelle et dès qu'elles avaient ouvert les yeux, je leur avais ouvert....un livret d'épargne.

Et, le temps s'était écoulé simplement et joyeusement pendant les Trente Glorieuses.

Côté bancaire, mes relations avec ma conseillère étaient excellentes. Nous avions pris l'habitude de nous rencontrer une ou deux fois par an ou plus souvent lorsqu'une émission de bons du Trésor se profilait à l'horizon. Pendant trente ans, je n'ai jamais acquitté le moindre « frais de gestion ».

Mais, il faut rappeler que je n'avais pas de carte bancaire et que je payais donc tous mes achats en liquide ou par chèque.

Lorsque je n'avais plus d'espèces, je me rendais à la banque qui me fournissait billets et pièces dont j'avais besoin.

Nul escroc n'était venu pirater mon compte qui n'avait jamais été à découvert....

C'est le présent

J'ai toujours le même compte dans la même banque. Mon conseiller change tous les deux ou trois ans, quelquefois même plus souvent.

Je règle, tous les mois, des frais de gestion même si les services octroyés par la banque n'ont guère évolué.

Ou plutôt si : je peux consulter mes comptes sur Internet, à condition d'avoir au préalable acheté un ordinateur ou un smartphone et souscrit un contrat avec un fournisseur d'accès.

C'est alors un jeu d'enfant, par exemple, d'envoyer une somme d'argent à mes petites-filles, pour leur anniversaire ou à Noël, ce qui les dispense de me rendre la moindre visite.....!

Et je suis titulaire d'une superbe carte bancaire, une « carte Gold » (avec une majuscule). Cet « instrument de paiement » est une merveille ! Et c'est sans doute la raison pour laquelle elle n'a pas échappé aux pirates : ceux qui, d'un bout à l'autre de notre planète, cherchent à déchiffrer les divers codes qui leur permettraient de vivre sans se fatiguer.

C'est ainsi que, très récemment, j'avais reçu un message sur mon iPhone. Il semblait émaner de ma banque qui me demandait de régler la somme de 900,25 € pour un séjour aux Antilles. Prise de panique, j'avais téléphoné à ma conseillère, sans une minute de réflexion :

« Il ne faut surtout pas répondre à ce message et il est urgent de découper votre carte en petits morceaux pour la rendre inutilisable » m'avait-elle répondu.

Cependant, l'agence étant proche de mon domicile, j'avais jugé plus rapide de me déplacer.

La conseillère, un peu moins affolée que moi, avait immédiatement déchiqueté, sous mes yeux, cette splendide carte qui ne le méritait guère.

Puis, elle me précisa que mon compte ne serait évidemment pas débité de la somme précitée, mais que la « nouvelle carte » me serait facturée 25€, malgré l'assurance.

« Votre contrat, souscrit auprès de notre établissement, couvre en effet la somme qui allait vous être volée et qui vous aurait été remboursée. Mais la fabrication de la nouvelle carte n'entre pas dans le contrat, avait-elle ajouté....

- Je ne comprends pas ce que vous me dites. Si ma carte a été piratée et qu'il faut la détruire, il est bien évident qu'elle doit être remplacée. Il est donc stupide que la fourniture de la nouvelle carte soit exclue de la garantie. Ce n'est pas votre avis ?

- Si. Et pourtant, c'est bien le cas. Relisez attentivement votre contrat.

- Dans ces conditions, je peux aussi changer de banque, n'est-ce pas ?

- Oui évidemment, mais vous imaginez bien que les clauses seront les mêmes. Ne vous fâchez pas. Je sais que votre raisonnement est logique et je vais faire le nécessaire pour ne pas débiter votre compte de ces 25 €. »

J'étais sortie tranquillisée. Ce que j'ignorais alors, c'était que, pendant la dizaine de jours nécessaire à la fabrication de ma nouvelle carte, je devrais penser à mettre mon carnet de chèques dans mon sac à main, car je n'avais aucun autre moyen de paiement.

Cette anecdote m'avait d'ailleurs permis de constater qu'un certain nombre de commerçants étaient devenus très réticents aux paiements par chèque.

Mes relations avec ma « banquière » étaient d'ailleurs devenues plus cordiales encore, lorsque je lui avais avoué avoir exercé mon activité professionnelle dans le milieu bancaire pendant plus de trois ans.

J'avais alors constaté à quel point le nombre de personnes présentes dans les agences bancaires avait diminué. De plus, les responsabilités avaient été franchement diluées, et rares étaient les agents qui pouvaient sortir de leur unique rôle de conseil.

Par exemple, pour accorder le moindre centime de réduction à un « bon client », il fallait un accord explicite de la hiérarchie, voire du siège social.

Par contre, les banques s'étant attaquées à l'assurance, les conseillers avaient toute latitude pour vous proposer des contrats « avantageux » qui vous garantissaient une protection élargie contre tous les aléas de la vie : le vol de votre voiture, le cambriolage de votre appartement et même depuis peu, une assurance santé....

Et, voilà que, tout récemment certaines banques dont la mienne, s'étaient mises en tête d'aider leurs clients dans la gestion de leur budget.

Pour ce faire, les relevés bancaires ne se présentaient plus seulement comme une liste chronologique de dépenses.

Ces dernières étaient à présent classées par type : par exemple, les dépenses effectuées dans un supermarché seront classées sous la rubrique dénommée « Shopping », les frais bancaires seront des

« Cotisations bancaires » et l'argent pris dans un distributeur sera libellé « Retrait d'argent ».

Mais que penser de l'appellation « Juridique et administratif » quand il s'agit d'un règlement de frais de stationnement, ou « Ameublement et Appareils » lorsque l'achat concerne une paire de chaussures alors que la rubrique « Vêtements et chaussures » existe par ailleurs ?

Sans parler des chèques qui sont « à catégoriser » tout comme les virements, puisque l'Intelligence Artificielle n'a pas pu lire, bien entendu, ni le nom du destinataire ni l'objet de l'achat....

En bref, et pour ce qui me concerne, ce classement aurait plutôt tendance à rendre plus difficile le suivi de mes dépenses.

Mais, chaque mois, je peux encore (pour l'instant sans supplément) recevoir un état détaillé présenté comme par le passé, à condition de remplir et d'envoyer à la banque un document signé s'intitulant « Je refuse de ne pas recevoir mes relevés mensuels par courrier postal ».

Ce qui était la norme, il y a à peine quelques mois, devient à présent l'exception.

Enfin, je suis convaincue que ce système n'apportera pas de baisse des frais bancaires alors que ces derniers diminueront au moins du coût des frais postaux, mais ce sera une économie pour le seul banquier !

CHAPITRE QUATRE

L'INFORMATIQUE

ET MOI

Introduction

Je fais partie de ces anciens salariés qui étaient encore en fonction dans une entreprise ayant misé sur l'avenir de l'informatique.

C'est donc, sur mon lieu de travail, que j'ai appris à utiliser un ordinateur. Cet instrument me semblait fort complexe mais je dois reconnaître à présent que, bien utilisé, il est de nature à faciliter la vie dans bien des domaines.

Depuis, la retraite m'a poussée à utiliser ces appareils « magiques » que sont le Smartphone et l'ordinateur.

Les merveilles de l'Intelligence Artificielle

L a possibilité d'envoyer, à plusieurs de mes amis, le même message par un simple clic, me parait d'une facilité déconcertante. Cependant, ma grande crainte serait d'oublier, un jour prochain, le son de la voix de tous ceux que j'aime et qui m'appellent de moins en moins, puisque l'on peut rester en contact grâce aux mails.

Je ne vois pas souvent mes petits-enfants et je ne les entends pas non plus d'ailleurs, mais en revanche, je prends connaissance de leurs vies de tous les jours en ouvrant mon compte sur le réseau social qu'ils affectionnent. Pour que je n'oublie pas leurs anniversaires et que je reste une « bonne grand-mère » je suis rappelée à l'ordre au moins une semaine à l'avance.

Je ne leur achète plus aucun cadeau, ce qui me dispense des après-midis shopping et des queues aux caisses. J'envoie une somme d'argent par virement direct sur leur compte bancaire. Le remerciement arrive, en général le lendemain, par un message concis, du genre « Bien reçu. Merci, mamie ».

Je ne téléphone plus à mon médecin pour prendre rendez-vous, ce qui m'épargne de longues minutes à écouter un message laconique me persuadant de patienter en écoutant quelques notes (mal enregistrées) d'une symphonie de Beethoven.

Je me connecte tout simplement sur le site médical à la mode, tous les jours qu'ils soient ouvrables ou fériés et à n'importe quelle heure, le jour comme la nuit.

Si je dois déplacer cette consultation dans les vingt-quatre heures qui précèdent, le site me précise que cette annulation pourrait être dommageable car il est peu probable que le praticien puisse trouver un autre patient.

Je ne peux pas non plus oublier cette entrevue car le site me bombarde de messages dès l'avant-veille. Si je rate mon rendez-vous et que je ne préviens pas, alors là.....gare à moi : je risque de ne plus jamais pouvoir utiliser ce site unique et il me faudra réapprendre à utiliser mon téléphone portable.

Tant pis si c'est un accident ou un évènement grave dans ma vie, ce jour-là, qui m'a empêchée de penser à annuler mon rendez-vous médical !

Si les hommes sont parfois compréhensifs, l'Intelligence Artificielle ne pardonne pas !

Ma mutuelle et moi

U n de ces jours où je me rendais chez mon pharmacien, je constate, au moment du paiement, que ma carte de mutuelle a déserté mon sac à main.

Heureusement, ce praticien qui me connaît depuis longtemps, me tend les médicaments prescrits et me laisse partir sans réclamer le moindre centime.

De retour dans mon appartement, je cherche dans toutes les poches et les endroits les plus improbables, ce modeste petit morceau de plastique qui semble s'être évaporé.

Enfin, je dois me rendre à l'évidence : je l'ai perdu.

Je prends alors contact avec le centre hospitalier consulté la semaine précédente, mais ce « sésame » n'a pas été retrouvé. Je téléphone à mon organisme mutualiste qui me conseille de faire opposition sur ma carte et d'en commander une autre.

Toutes ces opérations peuvent être réalisées aisément par Internet, me précise- t-on, pour me rassurer, sans doute.

L'annulation s'effectue sans problème, et je décide de remettre au lendemain, la demande de confection d'une carte nouvelle.

Réveillée de bonne heure, je m'attèle à la tâche. Après avoir décliné mon identité, et entré divers codes provisoires sur mon ordinateur et mon téléphone, une photo m'est demandée. Une heure plus tard, le site m'affirme enfin que je recevrai, par la poste, une superbe carte avec un nouveau design, dans une semaine au plus tard.

Je suis inquiète car nous avons programmé un voyage à Marseille dans une dizaine de jours. Je crains que le courrier arrive, pendant mon absence, dans ma boîte à lettres et... qu'elle soit fracturée, etc....

Quelques jours s'écoulent, plus ou moins sereinement, avant que je me reconnecte au site de ma mutuelle, en espérant qu'une date de livraison serait annoncée.

Je me soumets, une fois de plus, au même protocole, d'une dizaine de minutes, avec mots de passe temporaires et figurines à reconnaître pour confirmer que je ne suis pas un robot.

Puis, un message inattendu me précise qu'aucune carte à mon nom n'est en fabrication et qu'il me faut renouveler ma demande.

Bien sûr, mon inquiétude s'amplifie.

J'essaie alors de téléphoner au « service clientèle » de mon organisme mutualiste mais, après un quart d'heure de messages sirupeux me proposant inlassablement d'attendre qu'un correspondant se libère, la communication est brutalement coupée.

Alors, je retourne à mon ordinateur et réitère ma commande. Les mêmes messages s'affichent et, une fois que « toutes les cases ont été cochées » le site me précise qu'une carte, avec ce nom et ce prénom, est déjà en fabrication et que « ma demande ne peut donc pas être prise en considération ».

Puis, l'écran disparaît et un petit bonhomme électronique me suggère d'appuyer sur le carré vert si je suis satisfaite....

Bien entendu, le point rouge a ma préférence puisque je ne peux répondre que par la négative. Alors un nouvel écran s'affiche et je précise le motif de mon mécontentement. J'écris que « ma demande date d'une bonne semaine et que je n'ai eu aucune réponse favorable ». J'ajoute que j'espère être livrée avant mon départ fixé au lundi suivant.

Puis, chaque jour, je vais faire la même manipulation et le même message va s'afficher. Je répondrais que je suis très mécontente et je préciserais à nouveau la date et la durée de mon absence.

Et, la veille de mon départ, en ouvrant ma boîte aux lettres, j'ai enfin découvert une enveloppe contenant la carte tant désirée !

Je n'ai jamais pensé qu'il s'agissait d'un « heureux hasard ». Je suis convaincue qu'un « humain » s'est sans aucun doute penché sur le cas de cette usagère contrariée et qu'il a fait le nécessaire pour que ma carte ne dorme pas dans ma boîte à lettres pendant toute une semaine.

Je n'irai pas jusqu'à dire qu'en cas de second vol, la mutuelle aurait été dans l'obligation de fabriquer une autre carte.

Celle-ci, gratuite pour l'utilisateur, aurait été une dépense pour son directeur financier.

Ce n'était donc pas, dans son intérêt....

Un hôpital public

U n de mes amis, appelons-le Raphaël, cherchait à obtenir un rendez-vous auprès d'un hôpital spécialisé dans le domaine de l'ophtalmologie.

Il s'était d'abord rendu sur le site de cet établissement et avait rempli avec soin un long formulaire comprenant ses données personnelles ainsi que le motif de la consultation. Le questionnaire terminé, un bandeau précisait, en caractères gras, que le service concerné rappellerait Raphaël dans moins d'une semaine.

Avec un calme que je lui enviais, il avait patienté pendant une première semaine, puis une seconde, avant de se décider à appeler le service concerné.

La réponse avait été immédiate : « Toutes les lignes de votre correspondant sont occupées, veuillez rappeler ultérieurement ».

Il avait alors pris le temps de déjeuner avant de rappeler.
Miracle : le message avait changé. « Les lignes étaient toujours toutes occupées » mais Raphaël savait qu'il était en position « 15 ». Il lui suffisait alors de patienter jusqu'à ce que son tour arrive. Toutes les cinq minutes, une voix douce lui indiquait qu'il

avançait, « 10 », puis « 8 », puis « 5 », puis « 2 » personnes attendaient avant lui.

Il allait enfin pouvoir s'adresser à son interlocuteur au bout de cinquante minutes d'attente. Et, alors qu'il avait entendu une voix lui disant « Bonjour, je vous écoute », un bruit incongru lui avait fait comprendre que la batterie de son téléphone venait de rendre l'âme...

Raphaël ne s'était pas énervé, mais tout simplement mis à rire. Il avait entendu des histoires de ce genre, mais n'avait jamais imaginé qu'il pourrait être victime lui-même d'une telle mésaventure.

Je n'avais pas osé demander la suite de l'histoire...

Téléphone, mon beau téléphone, que serais-je sans toi ?

Une de mes amies m'avait certifié un jour, que si elle perdait son portable, ou pire si on le lui volait, elle ne saurait plus comment vivre.

« Tous mes contacts sont insérés dans cet objet que je trimballe partout. Si je ne l'ai plus, je ne peux pas me rendre, par exemple, chez le gastro-entérologue dont j'ai oublié l'adresse et même le nom.

Je ne sais plus quels sont les films que j'ai vus, ni les livres que j'ai lus.
Je risque de perdre une grande partie de mes amis, pas les très proches, mais tous les autres.... »

Inutile de lui dire, bien sûr, qu'agendas et répertoires sont toujours en vente libre et que, si elle sait encore utiliser un stylo, elle peut se débarrasser de son inquiétude, assez facilement.....

Mais un stylo, même fabriqué par une société de luxe, est-il encore à la mode ?

Une jeune fille, âgée de moins de vingt ans, peut-elle avouer à ses ami.e.s du même âge, qu'elle utilise encore un stylo, ou pire...un crayon et une gomme !

La ronde des emails

J e suis restée en contact assez suivi avec une de mes amies, qui vit actuellement en Belgique. Ses nombreux amis virtuels – ou pas – ont l'habitude de la submerger de mails, en général drôles et agréables.

Comme je suis intégrée dans ses listes de diffusion, je reçois, en général, deux ou trois messages de sa part, tous les jours ouvrables.

Le dimanche, elle parcourt la campagne environnante qu'elle photographie copieusement et ses superbes clichés se retrouvent dans ma boîte mail le lundi matin.

Un de ces mardis matin, elle m'avait envoyé des photos de toute beauté, sans rapport avec sa promenade dominicale habituelle.

Après les avoir admirées, je les avais transmises à Adrien qui, lui aussi, conquis par cette fresque d'animaux sauvages éclairés d'un superbe lever de soleil, s'était empressé de les faire parvenir à sa propre liste d'amis proches. Or, mon nom figurait dans cette liste et j'avais donc reçu une seconde fois, ce merveilleux message...

Quant à moi, j'avais pris l'habitude de contacter, très souvent, un des amis d'Adrien par mail. Il se prénommait Jean. Ce dernier avait jugé utile de mettre mon nom dans sa propre liste d'amis et ce message, envoyé par Adrien, s'était ainsi retrouvé dans ma messagerie pour la troisième fois dans la journée.

Or, comme bon nombre d'utilisateurs, mon smartphone et mon ordinateur sont synchronisés et je reçois chaque message entrant ou sortant d'un de mes outils connectés, deux fois.

Ce message s'était donc annoncé, ce jour-là, non pas trois fois, mais six fois, devant mes yeux étonnés...

Je ne crois pas être la seule à constater ce type de ronde mais il me semble que la Terre a beaucoup souffert ce jour-là !

CHAPITRE CINQ

VIVRE DANS UNE

MULTINATIONALE

Le chapitre qui suit est inspiré de faits réels, glanés ici où là. Certains passages ne peuvent être considérés comme de « simples anecdotes »

La maison est en péril

C'était en ce jour de juin que tout avait réellement commencé par une note d'apparence anodine, mais confidentielle, destinée uniquement aux cadres dirigeants de toutes les unités. Elle émanait de Michel M, le Président Directeur Général de la multinationale française qui m'employait alors en qualité de Gestionnaire des Ressources Humaines.

Cette note précisait que nos résultats du second trimestre – Q2 dans notre verbiage – étaient inacceptables car, si aucune mesure n'était prise rapidement, nous serions dans l'incapacité de verser les confortables dividendes promis à nos actionnaires.

La crise mondiale avait commencé à gagner notre entreprise, spécialisée dans la fabrication et la vente de produits manufacturés. Notre « grand maître » nous incitait à chercher des mesures draconiennes, afin de nous éviter d'être entrainés, à notre tour, dans le tourbillon de la crise.

Les économies possibles étaient nombreuses et aucune piste ne devait être négligée, qu'il s'agisse des voyages d'affaires, souvent inutiles, des innombrables téléphones portables dont les abonnements sont réglés par l'entreprise, ou des formations diverses et variées d'un intérêt discutable. Les contrats de maintenance ou de sous-traitance ainsi que les missions d'intérim seront étudiées avec attention et la publicité sera limitée au minimum dans les pays où notre notoriété est déjà établie.

Bien sûr, précisait Michel M, les postes de travail seront soigneusement étudiés dans toutes les unités et un plan de restructuration devra être soumis par chaque succursale.

Enfin, nos prix seront augmentés partout où cela s'avérera possible.

La maison était donc en péril, me direz-vous ?

Comment est-ce possible alors que notre PDG nous avait annoncé, quelque temps plus tôt, que les résultats de Q1 (premier trimestre) étaient les meilleurs depuis la création de l'entreprise.

Comment diable un marché pouvait-il se retourner, si brutalement, d'un trimestre à l'autre ?

Sans connaître complétement les mécanismes de fonctionnement de certaines multinationales, - et spécifiquement de celle dont je vous parle - cette situation vous paraît peut-être difficile à imaginer.

Mais, pour simplifier la compréhension de ce fonctionnement, prenons l'exemple d'un ménage qui économiserait, chaque année régulièrement et sans difficulté, une somme de 1.000 euros par mois.

Soudain et, par suite de quelques placements astucieux en bourse complétés par des gains inattendus au Loto, voilà que notre ménage s'aperçoit, à la fin de l'année, qu'il a économisé 1.500 euros par mois. Il se dit alors : « Puisque nous avons réussi à mettre 1.500 euros par mois de côté cette année, pourquoi ne pas parier sur 2.000 euros l'année prochaine ? ». Q1 se passe plutôt bien, grâce à quelques rentrées d'argent imprévues, par exemple un petit héritage pour monsieur, une anorexie caractérisée dans l'habillement pour madame et la fin de l'abonnement à Tintin pour le petit dernier. Et voilà que notre famille se félicite d'avoir tenu son pari et économisé 2.200 euros par mois, au premier trimestre.

Les perspectives se gâtent lorsque, au cours de Q2, monsieur s'aperçoit que son héritage a fondu notamment dans les réparations de la voiture et une inondation dans la salle de bains. Madame, un peu déprimée, a acheté une paire de chaussures – un peu chère, il est vrai, mais tellement chic – et enfin, le fils aîné a été inscrit à un stage de voile aux Antilles, pour le récompenser de ses bons résultats scolaires.

A la fin de l'année, non seulement l'économie réalisée précédemment a totalement fondu, mais il faut puiser dans les réserves.

Heureusement, cette famille dispose de plusieurs livrets d'épargne et n'a aucun compte à rendre à un quelconque actionnaire. Elle peut donc continuer à vivre normalement au cours de l'année suivante.

Il n'en va pas de même pour notre multinationale : nous avons promis des dividendes consistants à nos actionnaires, alors il faut impérativement honorer notre parole. Nous ne pouvons pas nous permettre de voir nos actionnaires vendre massivement leurs actions et faire baisser les cours : au secours mes stock-options, pensent tous nos grands directeurs.

Alors, un nouveau plan sera appliqué dans les jours qui viennent.

Cependant, nous veillerons soigneusement à préserver notre image de marque. Nous pensons d'ailleurs qu'elle ne souffrira sans doute pas, si quelques-uns d'entre nous sont privés de leur téléphone portable et si, deux ou trois centaines de salariés sont licenciés : le surcroît de travail tombera sur ceux qui seront heureux d'avoir échappé à la tourmente.

Ressources humaines :
Personnel « direct » ou « indirect »

Après une courte réflexion, il est décidé d'envoyer un message électronique, à toutes nos filiales, sans leur donner de précisions sur notre volonté de diminuer les effectifs. Elles sont priées d'adresser, dans les plus brefs délais, au directeur général des ressources humaines, c'est-à-dire à Daniel R, mon supérieur hiérarchique direct, une liste détaillant clairement les personnes engagées depuis le premier janvier en précisant leur qualification, leur date d'entrée et leur salaire brut.

Le lundi suivant, dès dix heures du matin, je suis chargée de rappeler aux gestionnaires du personnel des filiales qui n'ont pas encore répondu, que nous attendons leurs informations d'urgence. Peu de commentaires parmi ceux qui se posent des questions et s'inquiètent. Quelques remarques amères parmi les autres, qui ne se doutent de rien, mais qui continuent à siffloter et à plaisanter tout en racontant leur week-end à leurs collègues.

Mais tous rendront leurs chiffres, au plus tard le lendemain car, vous l'ignorez peut-être, la discipline est une denrée indispensable pour survivre dans une multinationale.

Au fait, de quels chiffres s'agit-il donc ? Mais, des effectifs bien évidemment. Quel était votre effectif au 31 décembre de l'année dernière et quel est-il à présent ? Bien entendu, nous ne parlons, pour l'instant, que des « indirects ».

Je vois, parmi mes lecteurs, quelques points d'interrogation s'inscrire au sommet de leur tête : un « indirect » dis c'est quoi papa ? En voilà une bonne question...

Un « indirect » est, en jargon financier, un salarié qui n'entre pas « directement » dans la fabrication. Une fois que je vous aurai dit cela, vous ne serez pas beaucoup plus avancé.

Acceptons qu'un ouvrier, qui travaille derrière une chaîne de montage, soit considéré comme « direct » car il participe « directement » à la création de produits à vendre. De même, un comptable ou une secrétaire sont des « indirects » puisque leur travail ne produit que du « papier imprimé ».

Mais que dire d'un magasinier ? Certaines de nos divisions le considèrent comme « indirect » alors qu'au siège, nous le classons parmi les « directs » (ou inversement pour d'autres professions).

Et c'est ainsi qu'un certain nombre de nos unités envoient des chiffres....qui ne sont ni fiables, ni exacts, ni faux, mais totalement inutilisables.

Depuis maintenant les trente et quelques années où j'ai eu la « chance » d'exercer mon activité dans les ressources humaines, j'ai pu constater que le plus difficile était de dénombrer les salariés : un ouvrier malade et son remplaçant temporaire, comptent-ils pour un ou deux ? En effet, il s'agit d'un seul poste de travail, mais, à l'instant présent, nous rémunérons deux personnes.

De même, comment prendre en compte les salariés en congé de formation, de maternité, les stagiaires, les intérimaires, les personnes qui travaillent à 50 % ou à 80 % ?

La note réclamant des informations chiffrées à nos unités ne précisait rien et pourtant l'objectif fixé est bien de revenir, à fin juin, aux effectifs du premier janvier. Mais lesquels ?

En effet, les services financiers nous transmettent, tous les mois, leurs bilans mensuels, et parmi ces données, il y a bien sûr, les effectifs réels bruts, sans aucune distinction de poste.

Et ce sont ces chiffres-là qu'il faut retrouver, unité par unité, pays par pays, pour les faire coïncider avec les déclarations de personnel « direct » « indirect » que nous venons de recevoir. Il s'agit là d'une mission impossible.

Quelques jours plus tard, c'est vérifié et confirmé : la mission est impossible ! Les chiffres ne concordent pas.

Et, voici encore un autre exemple de la complexité de l'exercice : comment prendre en compte un cadre que l'on rémunère, mais qui exerce son activité dans une autre entité ?

Par exemple, un Français, muté en Angleterre, préférera, en général, continuer à bénéficier du système social français. Pour ce faire, il sera rémunéré par la France, mais puisqu'il travaille pour le compte des Anglais, le service comptable financier français (payeur) adressera à sa filiale anglaise (utilisatrice) une facture contenant le montant du salaire, augmenté des charges sociales payées en France, pour le compte de ce salarié.

Mais oui, ce sont des opérations courantes dans les multinationales et parfaitement légales !

Le fameux message électronique ne donnait pas d'explication très claire sur la répartition des salariés entre les directs et les indirects. C'est ainsi, qu'après consolidation des chiffres envoyés par nos filiales, le vice-président ressources humaines « cherche » environ 130 personnes que nos filiales n'ont sans doute pas su répertorier !

A partir de là, le flou s'installe : que contenaient les chiffres transmis l'an dernier et que personne n'a pris la peine de vérifier ? Et, surtout, quelles sont les unités qui devront « décruter » ?

Des mesures drastiques

Un peu plus tard, nous apprenons qu'une conférence téléphonique, regroupant tous les directeurs généraux de nos unités, aura lieu dans quinze jours. Notre petite équipe du siège social – environ une trentaine de personnes – est cordialement invitée à assister à cet évènement. Nous espérons que les « bruits de couloir » cesseront enfin puisque nous allons tout savoir officiellement.

Ce jour-là, c'est le grand rendez-vous dans notre « show-room » et c'est à un véritable show que nous allons effectivement assister.

Cela commence un peu comme la cérémonie des Césars. Une assistante appelle, l'un après l'autre, les directeurs de filiales : la Suède est-elle parmi nous ? Et quid de l'Angleterre ? La Norvège, vous m'entendez ? Bien. L'Espagne, l'Italie.....Tout le monde est à l'écoute, alors allons chercher le Grand Orateur. Et le speech commence.

« Nos marchés se détériorent, malgré les excellents résultats que nous avons obtenus, cette année au cours du premier trimestre. C'est d'ailleurs vraiment le meilleur depuis que notre division a été créée »

Applaudissements !

« Nous devons cependant offrir aux actionnaires les dividendes que nous leur avons promis, sous peine de les voir se débarrasser de nos actions. Si ces dernières sont vendues massivement, leur cours baissera inexorablement. Nous serons alors à la merci d'un concurrent qui souhaiterait nous racheter et dont nous tairons le nom, puisque vous le connaissez tous ! ».

Notre grand patron ne veut, en aucun cas, perdre son juteux poste, c'est confirmé ! Compte tenu de sa rémunération actuelle et surtout du nombre et de la valeur de ses stock-options, nous pouvons tous le comprendre.

Mais, pour tous les autres, ceux qui n'ont ni stock-options, ni salaires défiant toute concurrence, quelle importance que notre société soit rachetée par une autre : notre emploi ne sera pas garanti dans cette seconde société ? Mais l'est-il actuellement ?

Le discours continue et la série de mesures, concernant la gestion du personnel, arrive :

- Effectif : toutes les unités doivent revenir à leur effectif du 31 décembre dernier, en ce qui concerne le personnel « indirect ». Des actions, en ce sens, seront entreprises immédiatement.
- Recrutements : gel total, y compris pour les intérimaires ;
- Contrats temporaires : résiliés dans les meilleurs délais.
- Heures supplémentaires : interdites car non rémunérées ;
- Restructuration : mise en œuvre d'un planning de réduction des effectifs dans les tout prochains jours de juillet ;
- Gel des salaires : dès le premier juillet et jusqu'à la fin de l'année ;
- Formation : aucune formation externe ne sera autorisée et toutes les subventions, versées aux écoles sponsorisées par le Groupe, seront immédiatement suspendues.
- Petite note d'humour : toute exception devra être approuvée impérativement par le Président précité !

- Une information secrète : notre Président avait obtenu une « révision » de son propre salaire le 15 mai juste avant l'interdiction, après celle, fort conséquente, dont il avait déjà bénéficié en décembre.

C'est ainsi que se termine le chapitre relatif aux effectifs et aux avantages accordés au personnel.

We will survive

M ais, il y a d'autres mesures, aussi réjouissantes. Reprenons, par exemple, la plus impopulaire :

- Voyages, hôtels, restaurants et autres invitations (aux frais de la princesse) cesseront immédiatement afin de réaliser une économie de 75 % d'ici à la fin de l'année. Seules les actions destinées à nos clients pourront être programmées.

Voilà une mesure qui risque de révolutionner la vie de nous tous :
- ceux qui voyagent parce qu'ils ne bougeront plus ;
- mais aussi les autres, ceux qui ne se déplacent jamais, car ils perdront ainsi « l'oxygène » qu'ils pouvaient librement respirer en l'absence de leur chef de service. En effet, aucun d'entre nous n'a été habitué à disposer de son patron, à longueur d'année, et c'est l'un des charmes de notre entreprise !

Bien évidemment, les téléphones portables et les voitures de fonction seront attribués uniquement aux cadres dirigeants et au personnel chargé de la promotion des ventes.
Personne n'ignore que nos « chers » cadres, tellement supérieurs, n'utilisent que les voitures les plus prestigieuses et

donc les plus chères du marché. Des économies possibles dans ce domaine ? Elles ne sont pas mentionnées.

Quant aux équipements informatiques, fournitures de bureau, abonnements divers, une économie de 50 % est imposée à chaque unité.

Enfin, sans entrer dans le détail, tous les contrats avec nos sous-traitants seront immédiatement suspendus ainsi que les projets informatiques.

Une seule mesure pourrait nous permettre de faire « entrer » de l'argent dans les caisses : augmenter les prix de nos produits, compte tenu de la concurrence.

Le Président termine son discours en reconnaissant qu'il s'agit de mesures très brutales mais il en va de la survie de l'entreprise.

Ceux qui acceptent le challenge sont les bienvenus. Quant aux autres, ils peuvent quitter l'entreprise : non seulement nous ne leur en tiendront pas rigueur mais nous leur montrerons la porte de sortie avec un large sourire !

Enfin, le micro s'ouvre pour d'éventuelles questions, qui ne viennent pas ! Alors le Président appelle quelques-uns de ses managers et leur demande leur avis sur ce qui vient d'être dit.

Aucun d'eux ne manquera à l'appel : « nous te suivrons, toi, notre cher Président, et nous pourrons ainsi te prouver que nous sommes tous des managers accomplis. Nous réussirons donc, tous ensemble, à vaincre la tempête ».

Personne n'a osé chanter « We will survive » mais j'avoue que ce thème m'est venu, plus d'une fois à l'esprit, pendant le discours.

Les effectifs et les consultants ?

Un mois plus tard, les unités sont priées de nous faire part des économies déjà réalisées en remplissant de vastes tableaux aussi inexplicites les uns que les autres.

Mais, les effectifs, toujours les effectifs ?

Combien d'intérimaires sont déjà partis et combien partiront encore ? Et quand ? C'est la préoccupation majeure de nos dirigeants.

Pour gérer une entreprise au jour le jour, il faut savoir licencier, avec ou sans respect du personnel et des engagements pris.

La semaine suivante, nous apprenons que notre action atteint son plus haut niveau à Paris, depuis dix ans. Bravo à tous ! (ceux qui sont encore là).

« Non seulement nous donnerons les dividendes promis aux actionnaires, mais nous irons même bien au-delà » déclare un de nos éminents managers.

De qui se moque-t-on ? Des actionnaires, de nos clients, du personnel ou de tout le monde à la fois ?

Et les consultants.....

La semaine suivante, notre entreprise étant « en danger », nous nous apprêtons à accueillir dans nos murs, une équipe de consultants, pour la sauver !

Pourront-ils découvrir, par exemple, qu'au titre du chapitre des « même poids, même mesure pour tous », notre directeur financier continue à se faire rembourser ses repas à la cantine : son salaire annuel est indécent, alors évidemment, il a besoin que l'entreprise le nourrisse.

Et, s'il ne se rend pas à la cantine, il se fait offrir ses sandwiches. Sa secrétaire, qui les commande, en profite pour se faire livrer ses propres repas.

Si le Président mange des sandwiches que l'entreprise paie, c'est bien entendu que ce cher homme travaille si dur qu'il ne peut pas s'interrompre pour aller déjeuner à la cantine (avec le petit personnel, pensez donc !).

Et qui paie ses cigares ? Devinez ! Stressé par d'innombrables responsabilités, notre Président ne peut s'empêcher de fumer. Dès lors, il est normal que l'entreprise le dédommage puisque c'est elle qui est responsable de son ...tabagisme prononcé.

Par ailleurs, au cours d'une réunion des délégués du personnel, il avait été décidé de mettre des fleurs artificielles à la réception. Son coût exorbitant (300 € hors taxes !) avait disqualifié le projet.

Quelques jours plus tard, je reçois le devis concernant les travaux requis pour nous permettre d'accueillir « décemment » nos auditeurs : 15 000 €. Pour qui sont les « grandes économies » ?

Les petits ruisseaux font les grandes rivières. Mais il est vraiment dommage que les fleuves qui débordent ne créent pas de plus-values pour les actionnaires....

Le premier de la liste

On compte toujours, mais maintenant, derrière les chiffres, il y a des noms de personnes à licencier et le montant annuel des économies qui seront réalisées.

Pourtant, ces listes sont changeantes, tellement changeantes ! Certains noms apparaissent un jour, puis disparaissent plus tard et sont remplacés par d'autres. Qui décide ?

Et voici qu'entre en scène le premier « licencié » de la longue liste :

- Directeur Financier – 47 ans – marié, 5 enfants –
- Ancienneté : 15 ans
- A effectué de nombreuses missions en Europe, et même en Afrique du Nord.
- Il vit avec sa famille aux Philippines où nous testons la possibilité de nous introduire dans de nouveaux marchés. Il a demandé à rentrer en France, car deux de ses enfants ne supportent pas le climat de Manille.

Daniel R affirme qu'on espérait lui proposer un autre poste dans l'entreprise, mais le seul, actuellement vacant, affiche un salaire inférieur de trente pour cent par rapport au sien. Pensez-vous qu'il accepterait ? Non, bien sûr que non.

Il demande, dans ces conditions, à rester à Manille. Pas question, compte tenu de l'état actuel de notre belle entreprise, nous allons le remplacer par un « local » qui nous coûtera infiniment moins cher.

Alors, nous lui proposons de le licencier et il refuse. Il va pourtant quitter aujourd'hui même son poste à Manille. Il se rendra le lundi prochain à Paris pour un entretien préalable à son licenciement.

Qu'a-t-il fait, se demande-il pour être traité de la sorte ? A-t-il « tapé » dans la caisse ? A-t-il dénigré son entreprise en public ? Point du tout, on n'a plus besoin de lui, n'est-ce pas suffisant ?

Mais, Michel M lui offre une consolation : il promet de le rappeler aussitôt qu'un poste correspondant à ses compétences, tant professionnelles que personnelles se présentera :

- Je ne vous oublierai pas car vous êtes un homme sérieux qui a de l'avenir (pour l'instant, son avenir est ailleurs, désolé).

Dans l'immédiat, on négocie et on finit par se débarrasser de ce monsieur, moyennant finances.

Nous apprenons que, dès le début de juillet, la direction nous informera des modalités de départ de ceux qui nous quitteront pour leurs vacances estivales et ne reviendront pas. Rien ne transpire.

Les réunions et les conférences téléphoniques s'enchaînent, un grand nombre de managers se déplacent au siège social, malgré l'interdiction de voyager : il est donc possible de dépenser de l'argent pour la bonne cause !

Et la bonne cause c'est évidemment d'acter le départ de nombreux salariés qui nous coûtent beaucoup trop cher.

Bien entendu, aucun nom ne circule encore officiellement, 6mais les fausses informations ou fake news aujourd'hui, se développent à grande vitesse : notre groupe serait racheté dans les jours qui viennent... Plusieurs multinationales françaises, ou européennes ou même américaines sont prêtes à nous avaler...

Et les effectifs ...

Nous attendons toujours l'évolution des effectifs pour toutes nos unités. Les chiffres consolidés et vérifiés cette fois-ci, nous serons délivrés par l'un de nos consultants très prochainement.

Dès que les chiffres sont enfin connus, Daniel R a le plaisir de recevoir, avec les autres DRH de l'entreprise, un message de félicitations de la part du Président : « nous avons réussi à diminuer les effectifs de 1.460 personnes en quelques mois et sans trop de frais ».

Bravo, les copains, nous venons de montrer notre capacité à réduire le personnel, sans incident majeur.

Alors, continuons dans cette voie et nous serons bientôt arrivés (la vraie question est de savoir où ?)

Lettre anonyme

Elle est arrivée, un jour, à la « direction des ressources humaines ».

Elle dénonçait violemment les mille Euros d'économie annuelle obtenue grâce à la suppression de l'eau minérale mise à disposition du personnel, pendant les heures de bureau !

N'y-a-t-il vraiment pas d'autres dépenses à supprimer ? Combien de sandwiches faudra-t-il que le Président paie de sa poche avant que l'eau destinée à une quarantaine de personnes puisse être à nouveau autorisée ?

La lettre à peine ouverte, le directeur général des achats vient me rendre une petite visite et déclare :

- Il faut commander à nouveau l'eau fraîche pour le personnel ! J'ai vu le Président, il est d'accord, m'affirme-t-il. Cette décision est ridicule.

- Sans aucun doute, mais c'est le chauffeur du Président qui est chargé de cet achat. Je sais que mon boss a refusé de signer la commande et cet homme-là n'achèterait rien sans un « ordre venu d'en haut » : il veut se couvrir ! Il a 53 ans et n'a pas envie de se faire viré, tout de suite.

Tous les dirigeants sont en vacances ou dans les filiales et le personnel n'aura pas d'eau fraîche avant une semaine. De toute façon, le fournisseur est en rupture de stock. Il faut dire qu'une chaleur caniculaire s'est abattue sur Paris.

C'est seulement à son retour, que mon boss a été tenu au courant du crime de lèse-majesté dirigé contre sa petite personne : on a acheté des bouteilles d'EAU sans sa signature !

Quant aux travaux d'aménagement des bureaux pour nos auditeurs, le Président rechigne à donner son accord.

L'immobilier et la multinationale

A près recensement de l'immobilier détenu par notre groupe dans le monde entier, le rapport des auditeurs affirme qu'il serait possible d'économiser la somme de cinq cents millions d'euros sur ce poste, dans les deux années à venir.

L'idée serait de monter une société immobilière, propriétaire ou locataire, de tous les locaux utilisés à un titre quelconque par le groupe (bureaux, entrepôts, usines) et qui attribuerait les espaces libres aux filiales qui en feraient la demande.

L'objectif affiché est bien entendu d'obtenir des économies, mais il faut comprendre que d'autres postes sont liés à cette opération : l'entretien et le nettoyage des locaux, le standard, la comptabilité, les services généraux et même à terme certains cadres dirigeants. Avons-nous en effet besoin d'un DRH, pour chaque unité du groupe ?

De la même façon, y a-t-il une réelle utilité à multiplier les postes de vice-présidents pour les finances, les affaires juridiques, la publicité et j'en passe.

D'ailleurs, à quoi nous servent tous nos directeurs généraux? Leur coût pourrait largement diminuer ce qui permettrait de verser les dividendes attendus par les actionnaires, sans licencier le petit personnel ?

En attendant, nous découvrons, un de ces lundis pluvieux, qu'un auditeur inspecte soigneusement nos locaux.

Personne ne sait s'il a mesuré la taille des bureaux et constaté que les normes maximales, autorisées dans notre groupe, sont souvent largement dépassées.

Un consultant supplémentaire
et les vacances

Devant l'étendue de la tâche à effectuer et compte tenu des délais demandés, mon patron m'informe du recrutement d'un consultant supplémentaire qui arrivera le premier septembre.

Je n'ai pas retenu son salaire, mais je me souviens que ses bonus, stock-options et voiture n'étaient pas inclus. Le contrat ne disait pas non plus s'il paierait ses sandwichs, ses cigarettes et ses repas à la cantine.

Vous vous souvenez que l'EAU refusée au personnel aurait coûté environ mille Euros par an. Combien de temps aurions-nous pu offrir une boisson à notre personnel avec la rémunération de ce nouveau cadre dirigeant.... ?

Une petite remarque personnelle : j'ai autrefois exercé mes talents dans une autre multinationale. Les différences de salaires étaient loin d'être aussi criantes et le règlement s'appliquait uniformément.

Mais, les temps ont changé et la mondialisation s'est développée : chaque employé sait qu'il ne fera sans doute pas carrière dans l'entreprise. Un jour ou l'autre, il partira de gré ou de force. Alors, pendant qu'il est là, il profite de tous les avantages qu'il peut obtenir discrètement, avec ou sans l'autorisation de sa hiérarchie.

Premier août : le Président est enfin parti en vacances pour trois semaines. Nous sommes sûrs que tous les cadres dirigeants vont en profiter pour faire de même et nous ne nous trompons pas.

Un « bruit de couloir » m'apprend que mon boss part ce soir en vacances pour trois semaines lui aussi et il ne m'en a rien dit.

Mais, à midi, il m'annonce qu'il irait bien déjeuner avec moi, pour ne pas être seul en cette fin de semaine.

Il profite du déjeuner pour me dire qu'il part trois semaines en vacances : c'était donc vrai ! Vingt-et-un jours, c'est le paradis ! (J'allais oublier le téléphone, les e-mails et autres systèmes qui permettent de continuer à vérifier de loin que les esclaves sont bien derrière leur bureau !)

Enfin, demain verra le retour de la secrétaire de mon service ! Ouf ! Son travail, que j'ai quelquefois dû effectuer à sa place, est vraiment de peu d'intérêt et je commence à comprendre qu'elle déprime de temps à autre : aucun projet n'est suivi, on commence une étude et on ignore à quoi – ou à qui – elle peut bien servir.

Il m'arrive d'ailleurs, à moi aussi, de rédiger un contrat de travail pour un salarié que je ne connais pas, qui finalement décidera de ne pas intégrer le groupe – et je n'en saurais rien –.

Ou alors un autre entrera dans le groupe, mais dans une filiale différente de celle qui était prévue, et bien entendu je ne serais pas immédiatement mise au courant non plus !

Et si je cherchais, moi aussi, à profiter de « l'argent de la restructuration » pour me libérer d'un poste qui me pèse de plus en plus et m'intéresse de moins en moins ?

Ce n'est que deux ans plus tard, que je prendrais une retraite légèrement anticipée. Daniel R, avec qui j'avais entretenu une relation cordiale et vraiment « productive », avait quitté la société depuis plus d'un an et je ne trouvais aucun atome crochu avec son remplaçant.

Petit clin d'œil avant de terminer ce chapitre : notre multinationale n'a pas été rachetée et certains dividendes versés aux actionnaires, depuis mon départ, ont quelquefois atteint des niveaux stratosphériques......

CHAPITRE SIX

ARNAQUES EN VRAC

Des lunettes 3 D

Quelque dix années plus tôt, alors que nous venions de déménager, nous avions constaté que notre téléviseur, déjà très ancien, semblait minuscule dans notre nouveau salon. Nous allions donc l'abandonner, mais il fallait le remplacer.

Nous avions jusqu'à présent toujours privilégié une chaîne de magasins spécialisés dans la vente de matériel audiovisuel.

Alors que nous nous posions des questions sur un achat dans une boutique physique ou par l'intermédiaire d'un site, nous avions reçu un article publicitaire précisant que, pour tout achat d'un téléviseur, la livraison et l'installation seraient offertes.

La réponse à notre question venait de nous être servie sur un plateau ou plutôt sur un écran d'ordinateur.

Dans notre échoppe habituelle, nous avions très rapidement trouvé un modèle nous convenant parfaitement. Livraison et installation complète seront réalisées au cours de la semaine suivante : nous avions de la chance !

C'était avec un plaisir non dissimulé que nous avions regardé nos émissions préférées, pendant la semaine suivante, sur ce vieux téléviseur qui allait nous quitter. De type cathodique, il ne serait sans doute guère recyclé.

Le jour prévu, deux livreurs s'étaient présentés avec plus de trois heures de retard. Ils s'étaient excusés et mis très rapidement au travail.

Moins de vingt minutes plus tard, le responsable nous avait demandé s'il devait emporter le vieux récepteur. Dans l'affirmative, et, après avoir rangé tout son matériel, il avait posé notre nouvel appareil sur le sol en nous priant de signer le bon de livraison.

Devant notre étonnement, il nous expliqua qu'étant très en retard, il était impensable qu'il s'occupe du raccordement de notre téléviseur. Nous avions immédiatement téléphoné au magasin qui nous confirma que l'installation était bien prévue dans notre devis.

Le téléphone, à peine raccroché, le livreur était resté sur sa position et nous sur la nôtre : il était hors de question de signer quoi que ce soit !

- « Si vous refusez de signer, nous serons obligés de repartir avec le téléviseur, avait-il affirmé, d'un air péremptoire.

- C'est exactement ce que nous allions vous proposer.

- Vous plaisantez, j'espère car, dans ce cas, nous aurions perdu notre temps...

- Et nous, le nôtre.

Le magasin nous a affirmé que le téléviseur serait installé gratuitement et que vous deviez vérifier son bon fonctionnement. Puisque vous refusez, vous pouvez repartir avec le matériel. ».

Le lendemain, de retour dans notre magasin, la vendeuse nous confirma que notre démarche avait bien été la bonne. Pour notre patience, nous étions repartis fièrement avec un splendide cadeau : deux paires de lunettes permettant de voir des émissions en 3 D. C'était, pour le magasin, une excuse relative à la mauvaise prestation du service de livraison. Nous avions, remercié chaleureusement notre « bienfaitrice ».

Puis, elle nous confirma que le matériel serait livré et installé dans les quarante-huit heures...

Et tout s'était, cette fois-ci, déroulé comme prévu.

Douze années plus tard, le téléviseur fonctionne toujours à la perfection ....
Et, les splendides lunettes-cadeaux, que nous n'avons jamais utilisées, dorment paisiblement dans leur emballage !

Un lit électrique (saison 1)
Ou une erreur fatale !

Une de mes amies, avait acheté un lit électrique et affirmait qu'elle passait des nuits beaucoup moins agitées, avec un réveil plus agréable : elle se sentait enfin reposée et commençait sa journée avec une « pêche d'enfer » avait-elle affirmé.

Son expérience me paraissait intéressante.

La pandémie du Covid se développait depuis quelque temps et nos sorties étaient limitées au strict minimum. Cloîtrée dans mon appartement, j'avais eu le loisir de visiter quelques sites de vente en ligne proposant ce type de meubles et constaté que les prix oscillaient entre deux et trois mille euros. Il s'agissait d'une dépense à laquelle je pouvais faire face, d'autant que l'objectif consistait à m'apporter un bien-être précieux dans ces moments troublés.

Mais, je n'étais pas tout à fait prête à assumer mentalement une telle dépense et ce projet était resté dans les oubliettes.

Quelque six mois plus tard, la pandémie semblait maîtrisée et nous pouvions enfin nous déplacer plus librement.

Nous avions alors décidé de nous rendre dans notre appartement de Cabourg. Nous espérions que cette zone ne passerait pas dans le rouge (bien que ce soit ma couleur préférée), pour ne pas être dans l'obligation de retourner aussitôt dans la capitale.

Heureusement, il n'en fut rien.

Un de ces dimanches matin où le marché accueillait aussi bien les habitants de la côte normande que les touristes de passage, nous avions joué les badauds en nous promenant tranquillement entre les marchands de fruits et légumes de la région, les vêtements ou chaussures bon marché venus de Chine, ou les poissons et fruits de mer péchés dans les eaux voisines.

Soudain, mon œil avait été attiré par un stand présentant des lits ...électriques. Un panneau indiquait en gros caractères rouges « Vente avant liquidation. Prix exceptionnel : 290 € ». C'était, en tout cas, ce que je croyais avoir vu de loin.

Intrigué, Adrien, qui savait mon projet temporairement « en sommeil », m'avait cependant conseillée de jeter un œil à ce stand, pour en savoir un peu plus. Le vendeur, qui s'était présenté sous le nom de Nicolas, nous avait évidemment reçus avec un large sourire sur le visage et des bobards pleins la bouche.

J'avais essayé de comprendre comment il pouvait vendre ce type de lits à ce prix-là. Il m'expliqua, avec une aisance absolue, que c'était du matériel d'exposition et qu'il ne pouvait que le brader.

Ma question était la suivante : s'il pouvait vendre ce lit à un prix aussi bas, c'était qu'il s'agissait au moins de son prix de revient.

Cela supposait alors que le prix de vente avant remise, soit environ deux mille Euros pour le moins cher, permettrait au vendeur une plus-value de 1 700 € minimum. Ce chiffre me semblait colossal et impossible, s'agissant d'un meuble qui n'avait rien d'exceptionnel.

Prudente, j'avais accepté sa carte de visite et lui avais laissé mes coordonnées à Paris. En effet, il affirmait disposer d'une belle clientèle dans la capitale.

Il pouvait ainsi grouper ma commande avec celle d'un autre client, et il m'accorderait alors une livraison et une installation gratuites. Il reprendrait aussi l'ancien matériel, si je le souhaitais, sans frais supplémentaires.

J'avais promis de vérifier les dimensions de la pièce pour optimiser l'emplacement du lit et de le rappeler à ce moment-là. Ce prétexte me fournissait un délai de réflexion supplémentaire puisque je n'avais pas une confiance absolue en cet homme qui, en cherchant à me forcer la main, avait réussi à me rendre dubitative.

Il faut savoir que j'ai toujours eu beaucoup de mal à acheter quoi que ce soit, de façon intempestive, même s'agissant d'un vêtement de bonne qualité ou d'un bibelot qui m'attire. Je dois d'abord m'assurer que cet achat me sera utile et me fera plaisir.....

Quelques jours plus tard, Nicolas était au bout du fil et me précisait qu'il était à Paris pour une livraison. Il avait pensé à moi et prévu, dans son camion, un lit correspondant exactement à celui qui m'intéressait. Il était prêt à me le livrer dans l'après-midi ! Il m'expliqua que je ferais une erreur fatale en refusant

Et pourtant j'avais refusé et les jours suivants me confirmèrent qu'il ne s'agissait nullement d'une « erreur fatale » ou pas !

Très intriguée par cette histoire, j'avais eu une idée. Comme je ne disposais d'aucun document mentionnant la nature et les spécificités de ce lit et, encore moins, un quelconque prix, j'avais décidé d'adresser un mail à Nicolas.

Je précisais les dimensions du meuble, la couleur et la qualité du bois, la marque de la télécommande sans fil, ainsi que la livraison gratuite, le débarras éventuel du lit actuel et évidemment le coût total de mon éventuelle commande.

Mon message à peine envoyé, Nicolas m'avait téléphoné. Cette fois, sa voix était bien moins aimable :

- Je viens de lire votre mail et je suis très étonné du prix que vous mentionnez soit 290 Euros.

-Je suis désolée mais c'est le prix qui était indiqué sur votre pancarte...

- Mais pas du tout, vous n'avez pas bien lu : il s'agissait du montant de la réduction et nullement du prix !

- Alors, je me suis peut-être trompée, mais aucun autre chiffre ne figurait sur votre écriteau. Quel est donc votre prix ?

- Ce lit est soldé à 1 998 Euros, ce qui est vraiment exceptionnel pour une telle qualité.

- Désolée, mais à ce prix-là, je peux m'offrir un lit neuf et qui n'a jamais été exposé. Merci de m'avoir rappelée.

J'avais à peine raccroché que je me demandais déjà ce qu'il serait advenu, ce jour-là, si j'avais accepté qu'il me livre le lit électrique transporté dans son camion, à mon intention.

Il aurait tout déballé, installé le lit à l'endroit que je lui aurais indiqué, puis vérifié le bon fonctionnement de la télécommande. Enfin, il m'aurait présenté la facture.... Et c'était là que le cauchemar aurait commencé.

En effet, puisque je l'avais laissé entrer chez moi et installer le meuble, il paraissait évident que j'étais consentante. Je pouvais alors difficilement lui dire de remballer son matériel et de le reprendre....

Aurais-je eu le courage de rester ferme sur ma décision ? Aurait-il accepté de repartir avec le lit ? Dans la négative.......j'ignorais la suite.

J'avais juste poussé un soupir de soulagement !

L'histoire aurait pu s'arrêter là.

Mais, un de ces jours où nous vagabondions de nouveau dans ce marché cabourgeais, nous avions revu Nicolas, debout devant cette même pancarte avec un 290 € toujours en lettres rouges qui captait le regard.

Mais si on s'approchait, le plus près possible de l'écriteau, on pouvait remarquer un prix de vente en caractères minuscules.

Nicolas nous avait reconnus. Pour ne pas être trop désagréables, nous lui avions affirmé que nous avions acheté un nouveau lit, mais qu'il n'était pas électrique....

En réalité, nous avions acheté un lit et il était bien électrique !

Un lit électrique (Saison 2)
Où il est question de « vis »

C e projet, qui m'était revenu en mémoire en mai, se révélait tout à coup urgent.

Alors, j'avais de nouveau parcouru les sites de vente en ligne. J'avais oublié que le quartier de la Nation regorgeait de magasins de meubles. Les transports en commun roulaient à présent normalement, mais le port du masque était toujours obligatoire.

J'avais sélectionné trois magasins de literie à proximité de la Place de la Nation et Adrien avait proposé de m'accompagner pour m'aider dans mon choix. Je m'étais fixée un budget maximum de deux mille euros.

Dans la première boutique, j'avais trouvé un modèle susceptible de me convenir mais le devis portait sur un montant bien supérieur à deux mille cinq cents euros. Tout y était toutefois prévu y compris le coût de l'assurance, en cas de défection de la télécommande.

En entrant dans le second magasin, nous avions repéré, dans le fond, une jeune personne assise face à un ordinateur. Elle n'avait pas daigné se lever et nous expliqua qu'elle partait le soir même pour deux semaines dans le sud de l'Espagne. Nous n'avions pas insisté et étions sortis, en lui souhaitant de bonnes vacances.

Dans la troisième échoppe, deux personnes semblaient nous attendre. Fort aimablement reçus, nous avions explicité notre recherche dans le détail.

Plusieurs modèles étaient susceptibles de me convenir. L'aide de ces deux spécialistes de la literie, m'avait été très utile pour comprendre qu'il valait mieux, par exemple, choisir un lit de 90 cm de large plutôt que de 80 pour le confort du dormeur. De même, la hauteur des pieds du lit devait être calculée très précisément, en fonction de la taille de l'utilisateur, pour assurer un certain confort en position assise.

Une fois toutes les spécificités notées, le devis s'élevait à 1 995 € et....il ne s'agissait pas d'un meuble d'exposition !

Après avoir signé ma commande, j'avais rédigé un premier chèque représentant le tiers de la somme due et demandé un fractionnement en deux versements pour le solde. La directrice du magasin avait accepté très facilement. Il s'agissait, avait-elle précisé, d'une coutume répandue dans la vente de meubles.

Quant à la livraison, elle serait possible d'ici un mois ou six semaines maximum.

En sortant du magasin, j'avais poussé un grand ouf de soulagement car il me semblait que mon choix était le bon.

Je ne savais pas encore que l'histoire ne s'arrêterait pas là...

Moins de trois semaines plus tard, un message me précisait que je pourrais prendre possession de mon meuble le lundi suivant entre huit heures et midi.

La date avait donc été avancée et, dans cette période troublée, où venait de commencer la guerre en Ukraine, c'était enfin une excellente nouvelle !

L'installation s'était admirablement déroulée. Mais, l'un des ouvriers s'était aperçu qu'il manquait les vis du système de maintien du blocage du matelas.

Rien de grave, il suffisait de le préciser sur le bon de réception et d'y ajouter la demande de paiement du solde en deux fois, m'avait-il affirmé. J'avais rempli le formulaire et remis les chèques au livreur.

Ce dernier m'assura que l'installation serait achevée totalement la semaine suivante.

Dix jours s'étaient achevés et j'avais constaté, avec un certain agacement, que les deux chèques avaient été encaissés. Heureusement, j'étais solvable.

La directrice du magasin, contactée par téléphone, s'était excusée mais m'avait affirmé que j'aurais dû préciser le mode de règlement au dos du chèque…. C'était donc moi la coupable !

Profitant de cet entretien, je l'avais questionnée sur les « vis manquantes ». Elle m'assura qu'elle ferait le nécessaire, même si personne ne l'avait informée de ce problème.

Le lendemain, elle m'affirma que les « fameuses vis » seraient disponibles dans la semaine et que le service de livraison, dont elle me précisa les coordonnées, m'appellerait le lendemain pour convenir d'une date de passage.

Une semaine plus tard, sans nouvelles, j'avais contacté le service concerné. A ma grande surprise, mon interlocuteur, qui semblait ne rien savoir, m'avait demandé la référence de ces « maudites vis ». Quelle drôle de question : je n'en avais évidemment aucune idée

Le lendemain, un message me confirma que la commande était arrivée chez le fabricant, mais qu'il était impossible de connaître la date de disponibilité de ces « redoutables vis »....

Heureusement, je pouvais dormir tranquillement dans mon nouveau lit, même sans ces « vis fantômes » !

Et puis, les vacances étaient arrivées et j'imaginais que le feuilleton se poursuivrait jusqu'en septembre.

Mais, c'était finalement dans les tout derniers jours de juillet, avant le départ des aoûtiens, que l'histoire allait enfin s'achever.

Notre commande datait tout de même du mois de mai de cette année-là.

Pour effacer le désagrément de cette gestion problématique, la directrice nous avait promis un cadeau si nous venions la voir au magasin.

Après de longues excuses de sa part, elle nous avait effectivement offert un très beau coussin.

Malheureusement, ses dimensions ne correspondant pas du tout aux normes européennes, il s'était avéré impossible de lui trouver des taies !

Cet épisode ne peut pas véritablement entrer dans la rubrique des « arnaques ».

Mais nous nous attendions, à un meilleur service compte tenu de la notoriété de la marque.

Les étrennes
ou l'imagination récompensée

Un de ces matins bien gris d'automne, quelqu'un avait sonné à notre porte. Nous n'attendions personne à cette heure matinale et avions décidé de ne pas répondre.

Un second carillonnement nous persuada de jeter un œil dans notre «Judas» pour savoir qui cherchait à nous joindre. Personne !

Puis, un peu agacés à la troisième sonnerie, nous avions fini par ouvrir à un jeune homme charmant se présentant comme éboueur.

- Seriez-vous prêts à donner un peu d'argent pour les étrennes de ces hommes qui, chaque jour, veillent à la propreté de la ville de Paris ?

- Bien sûr, comme tous les ans, mais nous ne sommes qu'en novembre.

Possédez-vous une carte professionnelle ?

- Malheureusement non, mais je vous donnerais, une carte de vœux des « Eboueurs de Paris ».

Nous avions alors réitéré notre demande de justificatif de son identité professionnelle, mais il affirma qu'il nous remettrait un reçu.

Toujours vraiment peu convaincus, nous lui avions tendu un billet de cinq euros qu'il plaça très vite, bien au chaud, dans une de ses poches.

Puis, il nous remit une petite feuille de papier quadrillé qui portait un numéro et un libellé « Reçu Les Éboueurs ». Il ajouta au stylo le chiffre 5 à peine lisible sans le reporter sur la souche de son carnet.

C'était alors que nous avions compris que nous venions d'être « arnaqués ».

Il valait mieux en rire : la supercherie était évidente, nous nous en doutions, mais il ne s'agissait finalement que d'un banal petit billet.

De plus, nous pensions sincèrement que cet homme avait, sans aucun doute, vraiment besoin de cette somme, simplement pour se nourrir.

Nous avons toutefois reconnu que s'il avait « bêtement » sonné à notre porte pour « faire la manche » nous lui aurions sans doute refusé le moindre centime.

Alors, admettons qu'il avait eu un peu de culot et beaucoup d'imagination et que nous l'avions aidé sans pour autant nous ruiner !

Cependant, le dimanche suivant, à la même heure, le manège s'était reproduit et nous avions entendu la sonnette retentir, chez nos voisins de palier, cette fois-ci...

Nous avions alors ouvert notre porte et cette fois, c'était pour préciser à cet individu que nous le reconnaissions et que nous pourrions le dénoncer !

Entretemps, une loi sur l'interdiction de la vente de calendriers à la sauvette, avait été votée à Paris, d'après le régisseur de notre résidence.

Une société de transport

Depuis quelque temps, l'écriture est devenue mon passe-temps favori. En fait, cette envie d'écrire me tiraillait déjà depuis longtemps. C'est le Covid, et l'obligation de passer toutes ces journées enfermée chez soi, qui m'ont enfin permis de découvrir ce plaisir qui dormait en moi.

Quand on écrit, on n'a pas forcément l'intention de publier, mais on peut avoir envie de faire lire ses pages d'écriture à ses proches ou à ses amis fidèles. La possibilité d'utiliser les instruments informatiques pour transmettre des documents, permet d'éviter des frais, parfois lourds, pour la mise en page et la rémunération de l'éditeur.

En ce qui me concerne, mon premier livre se voulait être un témoignage de l'histoire de ma famille et tous les noms mentionnés étaient bien réels.

Quelques-uns de mes cousins, qui trouvaient cette initiative intéressante, auraient souhaité faire circuler l'ouvrage parmi leurs amis proches. Mais, le procès d'une personne qui refuse que l'on expose sa vie sur la voie publique, était toujours possible.

J'avais alors décidé de changer tous les noms et de publier une édition « plus neutre » même si chacun pouvait se reconnaître par quelques détails.

Ce récit étant alors devenu un « roman », je me suis permise de nombreuses modifications dans la vie des uns et des autres et ma propre vie n'a pas échappé à cette « envie de discrétion » !

Ce second ouvrage a donc été publié. Quelques membres de ma famille, souhaitant le recevoir, je me sentais dans l'obligation de leur envoyer une version papier, puisque je m'étais inspirée de quelques épisodes de leur propre vie pour écrire mon livre.

Et, mes relations avec les sociétés de transport avaient alors commencé.....

Lors de ma première visite, dans cet entrepôt qui ressemblait plutôt à un véritable magasin, j'avais eu beaucoup de mal à manier ces machines alignées les unes à côté des autres. Le personnel, accueillant le public étant peu nombreux, j'avais dû me débrouiller seule. Mais heureusement, j'avais tout mon temps !

L'opération enfin terminée, je m'étais approchée du guichet pour entendre l'hôtesse m'annoncer un prix exorbitant : en effet, le transport s'avérait plus cher que le coût du livre lui-même. Je lui avais fait part de ma réflexion :

- Ce prix est vraiment trop élevé pour un simple livre...

- C'est normal : vous avez appuyé sur « lettre » au lieu de « paquet ». Si vous voulez, vous pouvez recommencer !

- Non, merci. Cette opération est trop longue et je n'ai nullement l'intention de la réitérer !

- Alors, il vous faudra payer le prix figurant sur l'étiquette. La prochaine fois, « appuyez sur la bonne case » !

J'avais retenu la leçon et la seconde fois, j'avais eu le plaisir d'envoyer à une amie belge un exemplaire de mon livre pour une somme nettement moins élevée.

La troisième fois, j'avais emballé le même livre dans le même genre de carton et « coché la bonne case ». Je m'attendais donc à payer le prix minimum indiqué la semaine précédente.

Pouvez-vous imaginer ma déception lorsque j'avais vu s'afficher le prix...le plus cher ? Je m'étais alors rapprochée d'un préposé et lui avais précisé qu'il s'agissait sans doute d'une erreur et que je ne savais pas comment la rectifier.

« Il ne s'agit nullement d'une erreur. C'est bien le prix normal pour l'envoi de cet objet, me répondit-il.

- Mais, la semaine dernière, à ce même guichet, un paquet identique m'avait coûté à peine la moitié de cette somme qui vous parait « normale »....

- Votre objet de la semaine dernière était sans doute plus léger ?

- Pas du tout. Il s'agissait du même livre qu'aujourd'hui.

- Alors l'emballage était moins lourd ?

- Non, il était identique.

- Quelle était donc la destination de ce paquet, la semaine dernière ? La France ?

- Non, la Belgique.

- Alors, c'est normal ! Les envois vers l'étranger sont moins chers que ceux destinés à la France.

- Il n'y a donc aucune modulation de prix en fonction de la distance ? Est-ce que Bruxelles est plus proche de Paris qu'une ville de grande banlieue ?

- Non, mais c'est le règlement que nous appliquons et je ne peux pas vous en dire plus »

C'était, à mon avis, une belle supercherie.

Cependant, après réflexion, j'avais compris que cette entreprise française souhaitait, sans aucun doute, se développer à l'étranger.

Pour être sûr de réussir, il fallait évidemment que ses prix soient inférieurs à ceux de la concurrence.

Et pour dégager malgré tout un bénéfice, il était très utile que les Français acceptent de couvrir les éventuelles pertes d'exploitation à l'étranger....

Ainsi va le monde...

Les pingouins et les enfants

U n jour, nous étions tranquillement assis sur un banc public en Normandie et dégustions une glace locale d'un goût exquis, celui de notre enfance.

Voici une famille, composée du père qui tenait deux jeunes garçons par la main, et de la mère qui regardait avec tendresse un bébé semblant dormir paisiblement dans son landau.

Ce petit monde se déplaçait lentement et les deux enfants nous observaient avec des yeux qui semblaient parler : ceux de l'envie de goûter à notre glace, tant notre visage devait montrer le plaisir que nous avions à la déguster.

Les deux jeunes s'enhardirent et s'approchèrent de nous. L'aîné prit la parole :

« Votre glace a l'air d'être délicieuse ».

- En effet.

- Nous appartenons à une association pour la défense de la nature, nous dit-il.

- C'est vraiment très bien. Quel âge as-tu ?

- Je vais avoir dix ans et mon frère sept. Quant à notre sœur, elle est née il y a six mois.

- Quelle belle famille !

- N'est-ce pas ? Mais, pourriez-vous nous aider ? demanda le cadet, en contemplant ses baskets.

- Vous voulez que l'on vous aide, mais pourquoi faire ?

- Notre but est d'apprendre aux pingouins à voler...Qu'en pensez-vous ?

A ce stade de notre conversation, tout nous semblait irréel – ou même presque drôle - tant la question nous était incongrue.

Nous aurions pu leur demander plus de détails sur la manière dont ils comptaient s'acquitter de leur improbable mission mais nous nous sommes contentés de mettre quelques pièces dans la boîte qu'ils nous tendaient.

- Merci, nous dit l'aîné. Vous savez il y a peu de gens qui acceptent de sauver ces pauvres pingouins et pourtant ils risquent de mourir, si la banquise continue à fondre...

Nous leur avions souhaité bonne chance.

Il ne s'agissait pas vraiment d'une arnaque dans la mesure où il nous semblait que ces deux enfants étaient très fiers de leur mission. De plus, notre argent servirait peut-être à sauver les pingouins de l'Alaska....même ceux qui ne sauront pas voler !

Ces enfants-là avaient provoqué en nous un sourire bienveillant.....

Mais que dire de ceux qui, assis dans leur poussette, regardent avec des yeux éteints, leur père, ou le plus souvent leur mère, parler et même rire avec un interlocuteur pendu lui aussi à son téléphone portable, à l'autre bout de la planète.

Ce petit bonhomme, qui aurait tant besoin d'un sourire de ses parents, n'aperçoit quelquefois qu'une vague grimace, qui ne lui est même pas destinée....

Comment définir un enfant, encore plus jeune, couché dans sa poussette avec un smartphone épinglé dans la capote ?

Ses yeux fixent cet étrange objet qui semble parfois bouger. Que comprendra-t-il plus tard du monde dans lequel il vit ? Prendra-t-il l'habitude de consulter cet instrument chaque fois qu'il se posera une question ? Saura-t-il découvrir le vrai du faux ?

Et, que faire s'il décidait un jour de ne pas vouloir apprendre ce qu'il y a dans les livres, puisque justement tout est dans les livres.

S'il ne sait pas calculer un pourcentage, il demandera à son téléphone qui lui donnera sans doute la bonne réponse......

S'il a faim, il cherchera le menu d'un restaurant qui livre à domicile et s'il ne travaille pas encore, il pourra payer avec la carte bancaire de sa mère ou de son père.

Il ne connaitra de notre monde que ce que son smartphone lui aura dévoilé, après une connexion sur les réseaux sociaux.....

Et l'alimentation ?

Allons-nous continué à manger ces ananas, achetés au marché, qui ont une belle couleur mais aucun goût ?

Sont-ils vraiment dignes de prendre place dans notre assiette même si l'étiquette précise que ce sont les « Premiers ananas, zéro carbone au monde » alors qu'ils ont été produits en Équateur d'après l'étiquette !

Je serais curieuse de savoir par quelle magie – bien sûr non polluante – ces fruits ont atterri sur notre table....

Je me demande aussi pourquoi ces fruits et légumes, jadis si savoureux, ont tellement perdu leur goût.

Quelquefois, il me semble même que c'est sans doute moi qui ne reconnais plus toutes ses saveurs du passé.

Alors ? Peut-être suis-je pessimiste ......avec mon grand âge ?

Avoir confiance en l'avenir

J'aime le pays dans lequel je suis née, même si mes parents sont eux, nés ailleurs dans une Europe broyée par la guerre.

Je suis grand-mère et mes petits-enfants, adultes à présent, ne cessent de me dire que je ne comprends rien à la vie qu'ils mènent....

Il est vrai que je ne lis pas leurs livres, je n'écoute pas leur musique, je ne regarde pas les émissions de télévision qu'ils découvrent sur leur smartphone et je ne connais pas non plus leurs idoles.

Et puis, je ne suis ni Youtubeuse, ni Tiktokeuse.

De plus, il m'arrive parfois d'être stupéfaite quand ces jeunes adultes parlent, entre eux, une langue qui leur est propre, bien éloignée du français que mes professeurs m'ont appris au siècle dernier...

Je dois cependant confesser que je m'étais inscrite sur le réseau social qui était naguère le leur, mais qu'ils ont, à présent, déserté pour un autre beaucoup plus « fashion ».

Pendant quelques mois, j'ai ouvert bravement mon compte tous les jours et je me suis aperçue que je perdais souvent un temps fou.

J'ai été vite agacée par la lecture de ces lignes, souvent bourrées de fautes d'orthographe ou rendues incompréhensibles par une utilisation excessive de vocables américains et de mots tronqués.

De même, ces centaines de photos de plats à déguster, de chiens abandonnés à apprivoiser, d'arbres portant des fruits si beaux qu'ils semblent factices, cet imbroglio de bonnes et de mauvaises nouvelles, m'a toujours laissée de marbre !

De même que ces photos de famille que je ne connais pas, mais qui sont présentes sur mon compte parce que je suis : « amie avec une de leurs amies »

Alors, je n'ai pas fermé mon compte. Je le consulte de temps en temps mais toujours avec le même ennui.

Cependant, lorsque l'on me dit que cette génération veut transformer le monde pour le rendre meilleur, je ne peux qu'être pleine d'enthousiasme.

Pourtant, je reste dubitative car rares sont ces jeunes qui se posent la question essentielle : « comment faire » ?

Ils sont persuadés, que le rapport de force leur sera favorable, au moment de leur entrée dans le monde du travail : je leur souhaite vivement.

Beaucoup d'entre eux recherchent, il est vrai, un emploi qui leur permette de donner du sens à leur vie et ils ont appris à négocier âprement leurs salaires et leurs jours de congés.

Je crains cependant qu'ils n'aient pas encore trouvé les clefs pour vivre sereinement dans le monde réel, mais ce n'est pas grave, puisque tout est formidable dans le Métavers.

Quant à moi, je m'aperçois que l'arrivée dans le troisième âge apporte deux difficultés génératrices de stress :

- notre système corporel cesse de répondre correctement aux injonctions de notre cerveau et nous ne pouvons donc plus le maîtriser. En effet, notre vue baisse, notre audition devient incertaine, notre dos et nos articulations sont victimes de l'usure, et je ne parlerai pas, par décence, des autres parties de notre corps devenu insoumis.

- enfin, nos amis ont une fâcheuse tendance à nous quitter lentement mais sûrement, sans nous prévenir et nous ne pouvons même pas leur reprocher leur "manque de savoir-vivre"

Pour terminer sur une note optimiste, je suis convaincue que nos descendants finiront par trouver leur voie tout comme notre génération, et nos parents avant nous.

Et, je reste confiante en leur avenir...

ET DEUX NOUVELLES

(Avant de refermer ce livre)

LA COMPLAINTE DE LA CHEMISE

J e suis une somptueuse chemise née au Texas.

Taillée dans un coton américain très recherché, à larges fibres, mes coutures originales ainsi que mes boutons de nacre solidement fixés, sont appréciés de tous ceux qui aiment se vêtir avec goût. Une petite patte de fixation, placée derrière le nœud de cravate permet de retenir les deux pointes de mon col rigide et ajoute une note d'élégance certaine.

Cousue main, je suis toujours impeccable, boutonnée ou non, avec mes manches baissées ou relevées : dans tous les cas, je sais m'adapter avec finesse, que celui qui me porte soit au bureau ou à l'opéra.

Mais attention, je suis ridicule si on veut me marier avec un jean. En effet, ma coupe parfaite ne se conçoit qu'avec un costume fabriqué sur mesure. Mes manchettes se terminent avec de sublimes petits boutons dorés et ne doivent jamais recouvrir la main de celui qui me porte.

Enfin, ma couleur vous demandez-vous : je suis blanche, bien entendu, puisque j'ai été confectionnée pour assister à tous les grands moments de la vie.

En bref, et sans aucune prétention de ma part, je suis...une chemise hors du commun et ne me possède pas qui veut !

J'avais été entièrement dessinée, découpée et fabriquée dans cet atelier d'un grand magasin texan de luxe. Lorsque le directeur m'avait vue pour la première fois, il avait pensé qu'il serait judicieux de m'adjoindre deux ou trois jumelles, mais pas plus. Dallas était certes une ville riche où les habitants aimaient les « beaux habits », mais ils seraient sans aucun doute peu nombreux à pouvoir m'acheter.

Le premier qui m'avait aidée à naître, le responsable de l'atelier, Abraham, était un tailleur polonais de renom. Je l'avais entendu dire que, pendant la seconde guerre mondiale, il avait échappé à la mort promise par les Nazis à tous les juifs du monde. A présent, s'il ne roulait pas sur l'or, il avait tellement envie de me posséder qu'il avait souscrit un crédit de six mois auprès de sa banque très réticente : « une chemise valait-elle cet effort ? » lui demandait-on régulièrement.

C'était ainsi que j'avais vu naître et grandir les deux enfants de la famille. J'avais assisté, sur le corps d'Abraham, aux fêtes juives ou non, aux anniversaires des parents, des enfants et de tous les copains, ainsi qu'aux mariages et baptêmes des amis ou des voisins.

Je ne sortais de l'armoire que deux ou trois fois par mois mais je sentais, à chaque fois, qu'Abraham était très fier de moi.

Sa femme, Deborah, se chargeait toujours de me laver à la main, avec un liquide spécial et me laissait sécher à l'air libre : pas de séchoir qui aurait abimé ma fine texture.

C'était Abraham qui prenait soin de me repasser lui-même avec un fer dont il testait la température avant de le poser sur ma délicate étoffe. Ensuite, après un regard appuyé et la promesse de me revoir bientôt, il m'accrochait sur mon cintre en bois dans la penderie. J'attendais alors, avec impatience, le prochain évènement.

Et puis, après de longues années, la mort s'était invitée dans l'histoire : Deborah avait disparu la première, ensuite quelques-uns de ses amis et de ses voisins bien aimés et j'avais bien sûr assisté à toutes ces funérailles. Hélas, ce fut bientôt le tour d'Abraham.

Son départ m'avait fortement affectée, car j'avais une grande tendresse pour celui qui m'avait convoitée avec tant de force et si souvent admirée. J'aurais voulu mourir avec lui et l'accompagner dans sa tombe, mais ce n'était pas la coutume dans cette famille-là.

Dans mes horribles cauchemars, je me retrouvais délaissée à jamais dans un placard sombre et irrespirable, ou pire encore, achetée et maltraitée par un homme qui n'aurait aucune idée de ma valeur.

Le fils d'Abraham, David, avait été l'héritier. Bon vivant, peu soucieux de ses vêtements, le jean et les tee-shirts fabriqués en Chine avaient sa préférence. Toutefois, il me connaissait bien et savait que son père, tenait particulièrement à moi.

Alors, il n'était pas question de me laisser partir vers ces « flea markets » (marchés aux puces) où je trainerais dans la poussière et le bruit et où des mains, plus ou moins propres, me tripoteraient avant de me rejeter.

Heureusement, David avait gardé le contact avec quelques membres de sa famille vivant à Paris. Une de ses cousines, Rachel, venait de se remarier avec Adrien. Il me connaissait peu mais pensait qu'il pourrait peut-être faire honneur à la blanche chemise que j'étais.

Rachel consultée, avait confirmé qu'il s'agissait d'une excellente idée et avait ainsi trouvé un prétexte pour se rendre à Dallas avec son époux, non seulement pour me récupérer, mais également pour rendre visite à ses cousins.

Le voyage s'était agréablement déroulé. Adrien avait trouvé d'autres vêtements appartenant à cet oncle défunt, dont certains méritaient de partir en France

Or, le poids des valises, au retour, était devenu beaucoup trop élevé pour être accepté à l'aéroport. Il avait alors été décidé d'envoyer un petit colis contenant les plus belles pièces de la penderie d'Abraham, chez une des amies de Rachel vivant à New-York. Evidemment, je faisais partie de ce voyage.

Le paquet, récupéré à l'aéroport, Rachel avait été heureuse d'embrasser son amie, avant de prendre un avion pour Paris. Les normes françaises de transport aérien étant moins drastiques que celles des Etats-Unis, j'avais été acceptée sur ce vol et enfermée dans la soute aux bagages.

Enfin arrivée le lendemain à Paris, je me préparais à une vie de rêve dans cette ville inconnue dont j'avais entendu tant d'anecdotes de la bouche d'Abraham. Ce dernier parlait souvent des jours heureux qu'il avait vécus dans cette ville-lumière. En effet, il y avait rencontré, pour la première fois, celle qui deviendra son épouse.

Pendant plusieurs années, ma vie avait été effectivement exquise. Mon cintre était souvent vide car Adrien me sortait de l'armoire, à la moindre opportunité : une soirée au théâtre ou à l'opéra, un repas de réveillon, un déjeuner avec un ancien collègue, l'anniversaire de l'un ou l'autre de ses enfants ou petits-enfants, etc... Tout était prétexte à m'offrir une place de choix.

Un jour, il avait même prononcé une phrase qui aurait pû me faire rougir, si je n'avais pas eu peur de perdre ma blancheur :

« J'aime tellement cette chemise et je l'endosse si souvent que je me demande comment elle arrive à garder cette apparence inégalée »

Je n'avais hélas jamais appris à parler. Dommage, car je lui aurais répondu que mon incomparable caractère me permettait de me dépasser quand je me sentais aimée : pas question de laisser la moindre tâche s'infiltrer dans mon tissu, interdiction à mes boutons de perdre leur éclat et impensable de me laisser asperger par la moindre goutte de pluie !

Mais depuis quelques temps, Adrien sentait qu'il prenait du poids et il avait de plus en plus de mal à attacher le bouton de mon col. Il me dédaignait donc de plus en plus et je ressentais fortement son cruel abandon dans ce noir placard...

Un jour, Adrien avait dû accepter l'évidence : il ne pouvait plus revêtir son « amour de chemise ». Il savait à présent qu'il devait songer à se séparer de moi. Mais comment faire ? A qui pouvait-il me confier ?

Il lui paraissait impossible de me fourrer dans un sac en plastique et de me donner à une œuvre de bienfaisance : cette pensée seule le mettait hors de lui, mais il ne connaissait personne à qui il pourrait m'offrir, moi cette magnifique chemise qui l'avait accompagné si longtemps !

Adrien avait alors pensé aux membres de sa famille, puisqu'il était père de deux enfants. Son fils, né d'une précédente union, était un jeune homme de son époque et il ne se voyait pas revêtir cette « chemise mythique » comme il disait en parlant de moi. Quant à sa fille, elle avait épousé un homme qui n'était pas non plus « dans la cible ». Ses deux petits-fils, nés de ce mariage, n'imaginaient pas une seconde que « Papy » puisse leur faire cadeau de ce vêtement qui serait pour eux plutôt embarrassant et dont les copains se moqueraient à coup sûr.

Adrien ne pouvait pas non plus attendre d'aide de sa seconde épouse, elle-même mère de deux filles nées d'une première alliance. L'aînée était restée célibataire et ne présentait jamais ses amis à sa famille. Quant à la cadette, l'homme qu'elle avait épousé était d'une corpulence beaucoup trop étoffée. De plus, les deux enfants de ce couple étaient de sexe féminin... Alors ?

Mon avenir me paraissait donc de plus en plus morose, je m'ennuyais cruellement et je ne cessais de plonger dans la mélancolie.

L'armoire dont je ne sortais plus et que je partageais avec pulls et pantalons que je détestais, sentait fortement la naphtaline et je craignais souvent de suffoquer. Aucun regard ne venait troubler mon désarroi et tout le monde semblait m'avoir oubliée.

Pourtant, pour plaire encore, j'avais refusé de vieillir, ma blancheur sans tâche était toujours aussi resplendissante malgré tant de lavages, aucun de mes fils ne s'était effiloché et mes boutons avaient gardé leur éclat. Alors pourquoi ce désamour dont je souffrais terriblement ?

Après deux longues années d'exil, un de ces dimanches ordinaires, alors que la porte de mon armoire était restée entr'ouverte, j'avais entendu une des petites filles de Rachel déclarer, d'un ton péremptoire :

« Puisque ma tête ne reconnait pas mon corps, j'ai décidé de changer de genre. Appelez-moi dorénavant Léandre et non plus Léa ! ».

A cet instant précis, j'avais soudain été étonnée de sentir, à travers la cloison, une grande effervescence dans cet appartement si calme d'ordinaire.

Je n'avais pas compris sur l'instant la portée de cet évènement familial et j'ignorais, bien sûr, qu'il changerait radicalement ma vie si solitaire.

En effet, Adrien, très inspiré ce jour-là, avait eu une idée géniale : en signe de bienvenue dans le monde masculin, adressé à son nouveau petit-fils par alliance, il avait décidé de m'offrir à cet « homme providentiel ». Ce dernier l'avait chaleureusement remercié.

Et me voilà à présent recouvrant un corps qui était autrefois celui d'une femme.

Je dois reconnaître que je me sens profondément chanceuse d'avoir une nouvelle vie dans un monde très hospitalier que je n'avais jamais connu auparavant.

Bien sûr, je ne découvrirai pas les mystères de la féminité, mais il me semble que cet « homme nouveau » développe, avec ses vêtements, une relation très intime qui me réjouit.

Lorsque, quelque temps plus tard, toute la famille avait fêté la métamorphose, j'avais regardé le monde avec joie, du haut des épaules de Léandre, et je me souviens qu'Abraham m'avait adressé un clin d'œil suivi d'un large sourire.

LA MELODIE DU LOGIS

J e me souviendrai toujours de cette première fois où Adrien était venu me rendre visite.

Accompagné d'un agent immobilier, il se promenait dans chaque pièce, sans dire un mot. Il s'était approché d'une fenêtre puis, tout en sortant sur le balcon, s'était interrogé sur mon orientation.

- Sud-Ouest, précisa l'agent. Vous bénéficiez dans ce living d'un bel ensoleillement tous les après-midis.

- Parfait. De plus, la vue panoramique sur la vallée de Chevreuse, sans aucun vis-à-vis, est exceptionnelle. Nous sommes au septième étage, n'est-ce pas ?

- Oui et c'est le dernier.

- Ecoutez, pour être honnête, ce logement pourrait me convenir mais que je ne vais pas y vivre personnellement. Je viens d'hériter de ma mère et je pense placer mon argent dans un bien que je souhaite louer pour préserver mon niveau de vie, quand viendra la retraite. Je vais donc prendre le temps de réfléchir.

Et Adrien était ainsi reparti en jetant un dernier coup d'œil appuyé sur toutes mes pièces qui, je le reconnais, méritaient un bon coup de peinture.

De plus, le sol, recouvert d'un lino défraichi, ne cachait que partiellement le béton. Quant à la salle de bains, je pouvais attester que la robinetterie datait de l'après-guerre. Dans la cuisine, installée au cours des années 1960, le four n'avait pas servi depuis au moins vingt ans et sur la cuisinière, seuls deux feux à gaz s'allumaient encore par intermittence. Enfin, le réfrigérateur semblait fonctionner puisque j'entendais sans cesse son ronronnement.

Lorsque mon immeuble avait enfin vu le jour, immédiatement après la Seconde Guerre Mondiale, un grand nombre de familles s'étaient installées chez moi pour un an, ou deux, ou même cinq et j'avais eu le plaisir de voir naître des filles et des garçons de parents heureux d'avoir survécu à cette épreuve.

Plus tard, de jeunes cadres viendront s'établir dans cette banlieue qui s'était rapprochée de la capitale grâce notamment au développement du Réseau Express Régional.

Mais, parlons d'Adrien. J'avais eu le plaisir de le voir revenir, accompagné de deux jeunes personnes (un couple, avais-je pensé).

J'apprendrai plus tard qu'il s'agissait de sa fille et de son fils : après tout, ils seront ses héritiers et leur avis paraissait compter aux yeux de leur père. Tous les deux habitaient dans l'Essonne et étaient ravis du choix paternel.

C'était ainsi qu'Adrien était devenu mon maître, en ce mémorable mois de juin.

J'ai, aujourd'hui, oublié bon nombre de ces propriétaires successifs qui m'achetaient puis me revendaient, uniquement pour faire une belle plus-value, quand le coût de l'immobilier ne cessait de grimper.

Mais je garde en mémoire, un homme seul, appelons-le Jules, qui avait acquis le logement se situant juste en dessous de chez moi.

Je dois reconnaître que, pendant plus de deux ans, j'étais resté sans personne pour troubler ma quiétude. Le couple qui m'habitait précédemment avait disparu dans un grave accident de voiture et leurs trois enfants, en indivision, n'arrivaient pas à se mettre d'accord.

Tantôt c'était l'aîné qui voulait se débarrasser de moi et les deux autres refusaient. Puis, c'était le cadet qui préférait me louer pour augmenter les revenus de la famille. Mais comment les partager et qui paierait les charges ? Enfin, le troisième souhaitait y loger ses enfants....au détriment de ses deux frères.

En attendant, je me sentais bien seul et Jules avait pris la mauvaise habitude de vivre dans un calme complet, puisque personne ne lui marchait plus sur la tête.

Quand Adrien avait enfin réussi à achever la transaction, c'était le notaire qui avait encaissé le chèque et je n'ai jamais eu connaissance de la fin de ce drame familial qui s'était pourtant déroulé chez moi.

Mon nouveau propriétaire, soucieux de bien faire, allait restaurer complétement mon apparence avant toute location.

Bien entendu, certains aménagements bruyants perturbaient Jules qui ne cessait de se plaindre. Adrien lui avait alors expliqué à plusieurs reprises, gentiment mais fermement, qu'il respecterait évidemment les horaires prévus par la municipalité pour les travaux. Et, pour protéger les oreilles délicates, des boules anti-bruit étaient vendues dans toutes les pharmacies de la ville, avait-il précisé.

Trois mois plus tard, je me trouvais superbe avec mon vaste living, dont le sol marqueté chêne, me donnait si belle allure. Les murs des deux chambres étaient couverts d'une peinture bleue tendre avec des moulures d'un ton légèrement plus foncé tandis que le béton des sols avait été couvert d'un revêtement vinyle chêne.

Les fenêtres à double vitrage, fermant hermétiquement à présent, me mettaient à l'abri du froid hivernal qui avait si souvent glacé mes murs et mes planchers.

La cuisine, carrelée de céramique blanche, entièrement rééquipée et royalement aménagée, était prolongée d'un cellier accueillant une machine à laver, un réfrigérateur et même un sèche-linge.

Je ne résisterai pas au plaisir de vous décrire ma salle de bains très lumineuse, elle aussi carrelée en céramique blanche, dont la douche aux normes actuelles, avait remplacé une baignoire hors d'âge.

J'avais l'impression, lorsque le soleil perçait à travers mes volets, de me réveiller, chaque matin, dans un château et j'étais très heureux. Les nombreux miroirs, accrochés aux murs dans chacune des pièces, me poussaient à m'admirer sans cesse. Mon propriétaire m'avait transformé en roi et je ne l'oublierai jamais.

Hélas, je savais qu'Adrien n'habiterait pas chez moi et je craignais la venue de familles peu soigneuses et d'enfants dessinant sur mes murs et mes portes : personne n'avait le droit de m'enlaidir....

Mes premiers locataires, un couple fort sympathique, dont la dame était « gravement » enceinte, avait signé, dès la première visite, le contrat de location. Le bébé était arrivé très vite au grand désespoir de Jules.

En effet, la jolie Lucienne pleurait souvent, y compris la nuit. Jules se réveillait alors, commençait à hurler et à taper sur son plafond avec un manche à balai dont les coups faisaient affreusement souffrir mon plancher. Bien entendu, ce tapage n'était pas de nature à calmer l'enfant.

Après le plafond, c'était la tuyauterie de chauffage de l'immeuble que Jules s'était mis à frapper. La petite était effrayée par ce vacarme et ses pleurs redoublaient. Bientôt tous les habitants de l'immeuble, gênés par ces coups violents qui résonnaient fortement à tous les étages, n'arrivaient plus à dormir du tout... et Jules était devenu « la plaie de la résidence » tandis que les malheureux parents se tourmentaient d'avoir créé un tel désordre.

Le second mois fut heureusement plus calme et mon immeuble retrouva rapidement sa sérénité. C'était alors qu'avait commencé à se nouer mon amitié avec mon homologue du dessous.

Ce dernier était vraiment très malheureux. Devoir partager sa vie avec Jules était un véritable calvaire. Cet homme âgé, solitaire et malveillant, ne recevait jamais personne, sauf, dès le début de la pandémie, le coursier d'Amazon qui lui apportait ses commandes alimentaires. Il passait ses journées à somnoler devant la télévision allumée de huit heures du matin à dix heures du soir.

J'entendais sans cesse mon nouvel ami se plaindre de sa vie si monotone et je me lamentais souvent avec lui.

Deux années passèrent et cette sympathique famille allait me quitter. J'avais cru comprendre qu'un second enfant était attendu. Les revenus du couple s'étant améliorés, l'idée de s'installer à Paris s'était concrétisée.

De mon côté, je subodorais que personne n'avait oublié les premiers mois de Lucienne et l'attitude odieuse de Jules. Il me paraissait évident que ses parents préféraient déménager plutôt que de renouveler leur détestable expérience. Mais, il se peut que je me trompe. En effet, le Covid semblait avoir envoyé cet épisode dans l'oubli.

Je crois même que Lucienne, encore si jeune, n'avait jamais été informée des démêlés de sa famille et de leur voisin. Les parents avaient-ils abordé ce sujet discrètement dans leur chambre à coucher, je ne saurais le dire car.....je n'ai rien entendu !

Dès que Julien avait reçu le congé de ses locataires, il avait inséré une annonce dans la presse spécialisée. Les visites s'étaient alors succédé pendant plusieurs mois.

Par exemple, j'avais entendu cette femme qui voulait négocier le prix du loyer alors déjà inférieur à celui du marché, selon Adrien. Ce monsieur, d'une élégance rare, avait affirmé que l'immeuble n'était pas assez bien entretenu.

« Il faudrait que la loge du gardien soit repeinte et les cages d'escalier mieux éclairées. Sinon j'aurai honte d'inviter mes amis ici » avait-il déclaré.

Ce sont finalement deux garçons, d'une vingtaine d'années, étudiants en médecine, qui avaient souhaité devenir autonomes. Les parents, ravis de se séparer de leur progéniture, acceptaient toutefois de payer le loyer.

J'avais évidemment assisté à toutes les transactions et Adrien semblait satisfait. Par contre, mon voisin et ami du dessous avait fait une crise de jalousie si forte que j'avais senti mes murs trembler, lorsqu'il avait compris que la jeunesse s'installerait chez moi tandis qu'il garderait son propriétaire détesté.

Et ces deux jeunes gens, Jean et Paul, pourtant très occupés par leurs études, avaient rapidement trouvé quelques amis. Ils les invitaient tous, le samedi soir, après leur dure semaine.

Au début, il s'agissait d'une dizaine de personnes qui se contentaient de discuter sagement pendant le diner. Mon salon se remplissait alors de ces anecdotes qui faisaient rire ce petit monde et me rendaient heureux. Pourtant, je ne comprenais pas toujours ces jeux de mots noyés dans les anglicismes très à la mode à présent. La plupart des phrases commençaient par un « du coup » et on parlait souvent de camarades de promotion que l'on « ne calculaient pas ». Je n'ai jamais saisi le sens de cette phrase....

Ces assemblées, très paisibles, se terminaient souvent tard et Jules ne manquait pas de râler si, à vingt-deux heures trente, l'heure exacte de son coucher, la petite sauterie n'était pas terminée. Au début, chacun gardait son calme et l'immeuble restait serein.

Or, mes deux locataires étaient très sympathiques et peu d'étudiants avaient la chance de disposer d'un logement personnel. On se réunissait donc naturellement chez moi tous les samedis soir.

On frôlait alors parfois les trente convives, dansant et chantant à tue-tête, notamment la veille des vacances universitaires.

Mon ami et voisin était lui aussi ravi d'entendre toutes ces mélodies qui traversaient mon plancher et son plafond, même si les talons qui couraient sur sa tête lui vrillaient parfois les oreilles. Mais, il haïssait tant la vie lugubre de son propriétaire, qu'il oubliait de se plaindre...

Les habitants de la résidence, en grande majorité des personnes âgées, accueillaient avec bienveillance cette jeunesse toujours prête à les aider dans leur vie quotidienne.

Bien sûr, Jules, pourtant un des habitants les plus âgés de la résidence, se gardait bien de leur demander quoi que ce soit et évitait même de leur dire bonjour... Il ruminait et se lamentait sans cesse de cette génération mal éduquée, qui ne savait que crier ou rire à toute heure du jour ou de la nuit.

Puisque personne ne voulait l'écouter, il avait fini par protester lourdement auprès du syndic et cette question devait être débattue lors de la prochaine assemblée générale.

Adrien avait alors été informé de la polémique qui se cristallisait autour de ses locataires. S'il m'avait interrogé, je l'aurais bien sûr renseigné à ma manière, puisque personne ne m'avait jamais appris le langage des hommes.

Le syndic, après l'exposé de la situation, avait décrit en détail la teneur de la protestation formulée par Jules. Cette situation avait rendu Adrien furieux d'autant que l'année scolaire serait bientôt achevée et qu'il craignait que les étudiants me quittent.

Et, en effet, les trente juin de cette année-là, les locataires avaient envoyé leur préavis. Adrien, toujours en excellente santé, mais dont l'âge commençait à peser sur les épaules, se demandait s'il fallait qu'il me loue encore ou s'il serait plus judicieux de me vendre.
J'étais vraiment désolé et affreusement inquiet.

Toute cette jeunesse autour de moi, toutes ces musiques modernes qui faisaient virevolter mes locataires, allaient me manquer affreusement et tout ça à cause d'un vieux grincheux.
J'espérais tellement que cet être malfaisant soit enfin pris en charge par un EHPAD....Mais, il n'en était rien. Je souhaitais chaque jour qu'il rate une marche et que sa chute soit mortelle !
Mon ami du dessous avait d'ailleurs réussi à le faire tomber à l'aide d'un tapis maladroitement posé sur le sol. Jules s'était relevé difficilement en versant un tombereau d'insultes sur cette pauvre carpette bien innocente.
En attendant, Adrien avait commencé à introduire des visiteurs qui me détaillaient de la cuisine à la salle de bains, en passant par la chambre et le balcon. Mon parquet était soigneusement inspecté, mes murs attiraient des regards inconnus et mes jours s'écoulaient tristement. Je ne savais pas encore si je serai loué ou vendu....
Enfin, en écoutant attentivement toutes les conversations, j'avais fini par comprendre que c'était la vente qu'Adrien espérait enfin réaliser.
Et, en ce mois de septembre gris et pluvieux, j'avais appris qu'un jeune couple s'installerait enfin chez moi. Informés de ces histoires sans fin fomentées par Jules, ils avaient tous deux

longtemps hésité. Mais, le confort que je leur offrais ainsi que la superbe vue sur la vallée de Chevreuse, les avaient convaincus.

Or, le jour de la signature définitive, alors que tous, vendeur et acheteurs, étaient réunis chez le notaire, j'avais entendu un bruit étrange provenant de l'étage inférieur.

Je n'avais pas tout de suite compris ce que mon compagnon du dessous voulait me dire. Puis, tout d'un coup, une clameur joyeuse s'était élevée dans la résidence......

Jules venait d'être terrassé par une violente crise cardiaque !

SOMMAIRE :